통합교육
그 안에
숨겨진
보물찾기

통합교육 그 안에 숨겨진 보물찾기

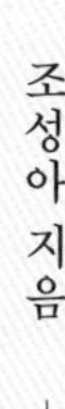

조성아 지음

통합교육 안에 숨겨진 보물,

이제 그 감춰진 보물을 찾아 아이들에게 선물할 때이다.

통합교육 현장에서 아이들이 건네준 사랑의 소리를 전한다. 특수교사의 교육 현장 에세이.

좋은땅

차례

아이들이 건네준 보화 에피소드

수업에서 발견한 보석 협력교수

교실에서 찾은 보물 속삭임

• • •

이야기를 열며

• • •

대부분의 사람들이 나의 전공을 듣고 난 후엔 특수교육이 무엇인지를 물었고 내가 중앙기독초등학교에서 근무한다는 것을 듣고 난 후에는 그곳에서 무엇을 하느냐고 물었다. 이 책을 여는 이들에게도 똑같은 질문들이 가장 먼저 떠오를 수도 있겠다.

특수교육은 특수교육대상자의 교육적 요구를 충족시키기 위하여 특성에 적합한 교육과정 및 특수교육 관련 서비스 제공을 통하여 이루어지는 교육을 의미한다.[1] 이때 특수교육대상자는 시각장애, 청각장애, 지적장애, 지체장애, 정서 · 행동장애, 자폐성장애, 의사소통장애, 학습장애, 건강장애, 발달지체, 그 밖에 대통령령으로 정하는 장애에 해당하는 사람 중 소정의 절차에 따라 특수교육을 필요로 하는 사람으로 진단 · 평가된 사람이다.[2]

1 장애인 등에 대한 특수교육법 제2조 제1호.

2 장애인 등에 대한 특수교육법 제15조 제1항.

통합교육은 특수교육대상자가 일반학교에서 장애유형이나, 장애 정도에 따라 차별을 받지 않고 또래와 함께 개인의 교육적 요구에 적합한 교육을 받는 것이다.[3] 이것은 단순히 장애 아동과 비장애 아동이 같은 교실(통합학급)에서 생활하는 물리적인 통합을 의미하는 것이 아니다. 교육과정 및 사회적, 정서적 통합을 의미하는 것이다. 이때 일반학교에 특수교육대상학생들의 통합교육을 위해 설치된 학급이 특수학급이다.

내가 근무했던 수원중앙기독학교는 통합교육을 하는 학교이다. 유치원은 각 반 22명 중 특수아동 1명, 초등학교에서는 28명 중 특수아동 1명 또는 2명, 중학교에서는 14명 중 특수아동 1명이 각각 학급의 구성원이 되어 함께 생활한다. 중앙기독초등학교(이하 중앙)에서는 각 학년에 6명에서 8명의 특수아동이 학교를 다니고 있고, 학년마다 담당 특수교사가 배치되어 있다. 초등학교에만 약 41명의 특수아동이 재학 중이고, 6명의 특수교사가 근무하고 있는 것이다. 특수교육대상자의 장애 유형이나 장애 정도는 차별이 없이 다양하다. 아동 개인은 통합학급의 구성원으로서 대부분의 시간을 통합학급에서 보내고, 교육적 필요에 따라 특수학급에서 일주일에 2~3시간 정도의 교육을 받는다.

중앙에서는 교실의 이름이 숫자가 아니다. 1학년부터 5학년까지

3 장애인 등에 대한 특수교육법 제2조 제6호.

는 5개 반으로 나뉘어 솔, 은, 참, 향, 단으로 부르고, 솔은 소나무, 은은 은행나무, 참은 참나무, 향은 향나무, 단은 단풍나무를 뜻한다. 6학년의 경우에는 2017년부터 6개 반으로 나뉘어 율, 리, 행, 포, 도, 송으로 부르고, 율은 밤, 리는 배, 포는 포도, 행은 살구, 도는 복숭아, 송은 잣을 뜻한다.

특수학급의 명칭은 통합교육지원실로 사용한다. 이곳에서 특수교사의 주된 역할은 통합교육을 지원하는 것이다. 때문에 특수교사는 특수아동을 교육할 뿐만 아니라 일반교사(담임교사, 교과 전담 교사) 및 특수교육실무사(중앙에서는 '섬김이'라는 호칭을 사용)와 소통하며 협력하고, 특수아동이 통합학급에서 생활할 수 있도록 다양한 지원을 하고 있다. 특수아동의 통합학급 수업 참여를 위한 교수 수정, 놀이친구 운영, 또래관계 지원, 협력교수 등을 특수교사와 담임교사가 함께 협의하여 운영한다.

어쩌면 특수교육에 대한 이야기는 누군가에겐 너무나 낯설게 느껴질 수 있다. 하지만 특수교육과 통합교육에 대한 지식이 있어야만 앞으로 펼쳐지는 이야기를 이해할 수 있을 것이라고 생각하지는 않는다. 아이들은 특수교육과 통합교육이 무엇인지 잘 알지 못하지만 함께 살아가고 있기 때문이다. 현재 대다수의 교육 현장에서 통합교육이 물리적 통합의 수준에만 머물러 있는 이유가 통합교육의 사전적 의미를 알지 못하기 때문은 아닐 것이다. 비장애인에게는 너무나 생소한 이 낱말에 대한 어떤 정의나 지식도 우리를 함께 살아가도록 만들어 주지는 않는다. 중요한 것은 통합교육의 현장에서 아이들이 외치고 보여 주고 있는 장면들을 정말로 보고자 하는 마음이다. 마치 보물찾기를 하듯 통합교육 안에 숨겨진 보물을 발견하고자 했을 때 얻을 수 있는 것은 끝이 없다.

나는 대학에서 특수교육을 전공하면서 기독교 교육을 접한 후 통합교육이야말로 기독교 교육에서 빠질 수 없는 교육이라는 생각이 들었다. 그저 물리적 수준에서 그치는 통합이나 방향성으로써의 이론이 아니라 우리가 경험할 수 있는 최고의 교육이 곧 통합교육이 아닐까 하는 두근거림이 있었다. 소망에는 이유가 있듯, 대학 졸업 후 중앙에서 이 두근거림이 실제화되는 것을 경험했다. 저 멀리 있는 허울이나 단순한 시스템으로서의 통합교육이 아니라 교실에서 펼쳐지는 놀라운 장면들로 마주했다.

아이들 사이에서 피어나는 통합의 이야기들은 지금껏 보지도 듣지도 못한 깊이 있는 소중한 이야기들이었다. 아이들이 보여 주는 아름다운 장면들은 교실엔 없는 것 같았던 사랑을 보게 했다. 교실에서 숨겨진 보물을 발견하며 누린 기쁨과 감격을 남겨 둘 수밖에 없었다. 글에 등장하는 아이들의 이름은 모두 가명을 사용했고, 아이들의 사진은 그림으로 재현했다. 아동의 장애 여부를 먼저 밝히기보다는 아이들의 모습을 담고자 했다.

모두가 이상일 뿐이라고 말하는 그 현장이 바로 눈앞에 있다. 학문으로 배우는 이론과 이상은 아이들의 마음에 이미 완성되어 있었던 것은 아닐까 싶다.

장애가 더 이상 장애되지 않는 교실. 상대의 장애가 보이지 않는 관계. 그것이 무엇일까. 아이들이 내게 보여 준다. "선생님! 이렇게 하는 거예요! 바로 이렇게요!"라고 외치는 사랑의 소리로.

• • •

동행

• • •

아이들은 알까?

순간순간 아이들이 만들어 가는 그 삶이

아이들에겐 너무나 자연스러운 생활이 된 그 장면들이

얼마나 향기로운지.

학교에 있다 보면

아이들이 만들어 내는 소중한 장면들을

놓치기가 아까워 재빨리 카메라에 담게 된다.

아이들에겐 상대의 다름이

불편함이 아닌 있는 그대로의 모습으로 수용된다.

함께하는 삶에서 서로의 다름은 더 이상 문제가 되지 않는다.

아이들은 손을 내밀고 손을 잡고, 함께 걸어간다.

아이들을 통해
어쩌면 이 모습이
아이들이 만들어 가는 지금이
천국의 모습이 아닐까 하는 생각을 할 때가 참 많다.

아이들은 포기한다.
더 친한 친구랑 시간을 보내고 싶은 마음을.
보다 더 빠른 속도로 이동하고 싶은 마음을.

아이들은 내려놓는다.
자신이 하고 싶은 놀이를 고집하고 싶은 마음을.
식사를 같이 하고 싶은 친구하고만 앉아서
점심시간을 보내고 싶은 마음을.

내가 한번쯤 그 친구 옆을 지켜 주지 않아도
별 문제가 없다고 생각하며
나의 유익을, 편안함을 지키고 싶은 마음을.

대신 아이들은 선택한다.

학급 단체 사진을 찍을 때면
카메라가 아닌 다른 곳을 바라볼 수도 있는
우리 반 친구의 이름을 한목소리로 불러 주며
그 친구가 렌즈에 초점을 맞출 때까지 기다리기로.

혼자서 어디로 가야 할지 몰라 복도에서 망설이게 될
친구의 옆자리를 지켜 주기로.

내가 아니면 점심을 혼자 먹고
긴 점심시간 동안 홀로 교실에 있어야 될지도 모를
그 친구와 함께하기로.

중간놀이 시간이 놀이를 하는 시간이 아닌
외로움과 다름을 경험하는 시간이 될 수도 있는 그 친구와
가장 즐겁고 신나는 놀이 시간을 만들어 가기로.

선택하고 그 자리를 지킨다.

함께하는 아이들의 뒷모습을 볼 때면
이 장면을 온전히 다 담아 둘 수 없는 것이 아쉽고
아이들을 통해 보고 느끼고 배우게 하시는 하나님께 감사하다.

무엇보다 아이들 앞에서
겸손히 더 낮아짐을 묵상하게 된다.

나는 이곳에서 가르치는 자가 아니라 배우는 자로
오늘도 또 하나를 더 배운다.

여기 이렇게도 귀하고 귀한 아이들에게.

아이들이 건네준 보화
에피소드

만물상 교실

향반의 동준이는 소리에 민감하고 기억력이 좋다. 동준이 특유의 목소리는 사랑스러운 동준이의 매력을 한층 더해 준다. 그런 동준이는 좋아하는 것이 분명하고 일주일 혹은 매일 단위로 관심 있는 대상이 바뀐다. 관심이 생긴 대상이 물건이나 음식이 되기도 하고 특정 사람이나 친구가 될 때도 있다. 동준이는 일과 중에 틈이 날 때마다 자신이 좋아하는 것을 보고 싶다며 찾는다.

"에스컬레이터 타러 가자."

"에어컨에서 바람 나오지."

"수영하는 형 있지."

"수영장에 형 수영하지."

이야기하는 것도 좋아해서 귀여운 목소리로 친구들과 교사들에게 계속해서 이야기를 해 준다.

교사들은 동준이의 수업이나 활동에 방해가 되지 않을 정도로 아동이 관심을 조절하도록 지도하기도 하고 어떻게 아동의 관심을 수업 활동과 관련된 다른 것으로 바꿀 수 있을까 고민하기도 한다. 필요한 경우에는 아동이 원하는 것을 강화물로 사용해 사진이나 영상을 찾아보는 것이 전부였다.

그런데 향반에 가면 동준이가 말하는 모든 것들이 이면지로 만들어져 있었다. 향반 친구들이 동준이가 원하는 것을 만들기도 하고, 그림으로 그려 주고, 이야기로 들려주고 있는 것이었다. 동준이의 학급은 만물상이 되었다.

케이블카에 관심이 생긴 기간에는 학급에서 친구들이 종이 쇼핑백으로 케이블카를 만들었다. 쇼핑백 위엔 동준이가 찾는 '놀이공원 케이블카'라고 쓰여 있었다. 친구들은 동준이에게 케이블카가 움직이는 것을 보여 주려고 의자에 올라가 실을 연결해 쇼핑백 케이블카를 움직여 보였다. 수영 선수가 동준이의 관심사가 되었을 때는 수경을 썼다, 벗었다 할 수 있는 종이 인형까지 나왔다. 동준이가 치킨을 찾을 때는 치킨 박스가 이면지로 만들어졌다. 동준이의 말에서 에어컨이 나왔을 땐 온갖 종류의 에어컨과 선풍기가 교실에 전시되어 있었다. 제조업체는 '동준 사업'. 종이로 만든 작품은 에스컬레이터, 케이블카, 에어컨, 수영 선수, 치킨, 햄버거, 크리스마스트리, 비행기 활주로 등 굉장히 다양했다. 이면지 작품이 생길 때마다 동준이는 정말로 좋아했다. 동준이는 친구들이 그려 준 그림이나 종이로 만든 물건들을 손에서 놓지 않았다.

동준이가 한동안은 특정 찬양이나 노래를 좋아했다. 노래를 흥얼거리고 인터넷 동영상에서 본 대로 노래에 맞춰 드럼을 치는 흉내를 내기도 했다. 친구들에게 노래를 불러 달라고 요청하기도 했다. 그러면 학급 친구들은 동준이 옆에서 열심히 노래를 불러 준다. 좋아하는 것에 있어서는 세밀하게 관찰해 기억하고 있는 동준이는 자신이 선호하는 영상 속에서 나온 노래 그대로 불러 달라며 세심하게 요청한다. 어려운 요청에도 친구들은 동준이가 원하는 대로 해 보려고 여러 가지 대안을 찾는다. 동준이는 물론이고 친구들도 얼굴엔 미소가 가득하다.

학급에서 친구들의 관심은 다른 것에 있지 않다. 그저 동준이가 즐거우면 그것으로 충분하다. 동준이의 기쁨이 모두의 기쁨이 되고 동준이가 즐거워하면 함께 즐거워한다. 친구의 즐거움을 채우고자 기꺼이 상대가 원하는 것을 함께해 준다. 나와 다른 내 친구의 다름으로 불편한 마음보다 그 친구가 원하는 것에 귀기울여 주는 마음. 상대의 기뻐함이 나의 기쁨이 되는 그 마음이 교실을 반짝반짝 빛나게 한다.

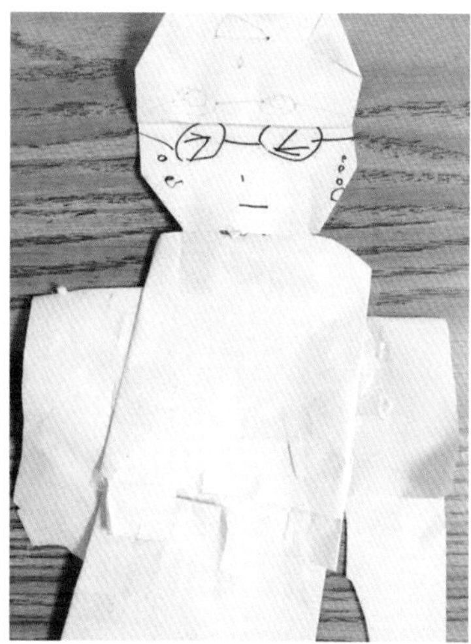

〈친구들이 동준이에게 만들어 준 수영선수〉

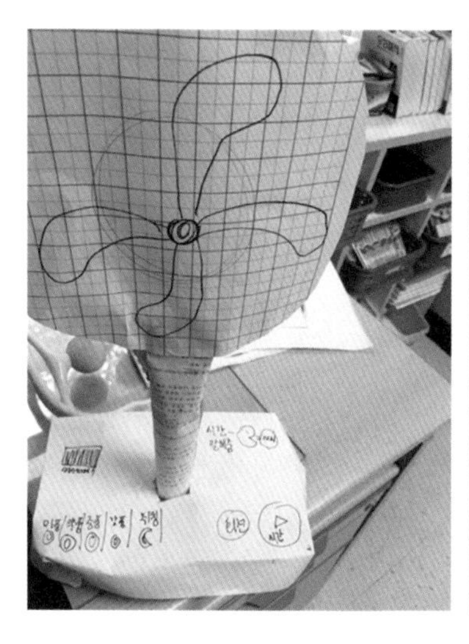

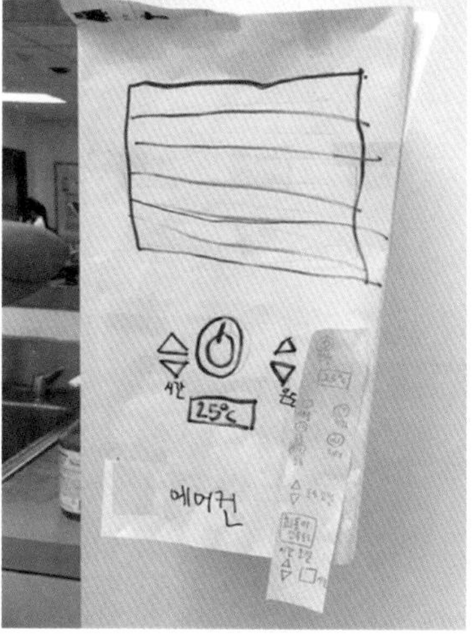

〈친구들이 동준이에게 만들어 준 선풍기〉 〈친구들이 동준이에게 만들어 준 에어컨〉

태양을 색칠하는 방법

5학년 은반의 수업 지원을 마친 섬김이 선생님이 쉬는 시간에 나를 보자마자 아이들이 정말 예쁘고 훌륭하다며 칭찬을 했다. 무슨 일인지 물었더니 선생님은 핸드폰으로 사진 하나를 내게 보여 주며 상황을 전했다.

은반 아이들이 과학시간에 태양계를 만들어 보는 시간을 가졌다. 태양을 시작으로 그 뒤에 다양한 행성을 순서에 맞게 차례로 붙이는 것이 과제였다. 유민이는 태양을 색칠하는 것과 몇 가지 행성을 풀로 붙이는 역할을 맡았다. 섬김이 선생님은 유민이에게 활동에 대해 자세히 설명해 주고 맡은 역할을 다시 알려 줬다. 상황을 이해하면 어느 정도 스스로 할 수 있는 것이 많은 유민이었다. 그런 유민이는 수학을 잘했고 외워서 쓸 수 있는 한자가 제법 될 만큼 똑똑한 친구였다. 반면 정해진 범위 안에서 색연필을 사용해 섬세하게 색칠하는 것은 능숙하지 않았다. 만약 유민이 혼자서 색칠을 하도록 하면 칠해야 하는 범위를 벗어나 선 밖으로 색칠이 되곤 했다. 유민이와 교실에서 함께 생활해 온 아이들은 당연히 그 사실을 알고 있었다.

사실 선 밖으로 색연필이 벗어나도 태양이 환하게 빛나는 것처럼 볼 수도 있을 것이다. 그런데 친구들이 생각해 낸 방법은 훨씬 더 창의적이고 협력적이었다. 아이들은 손을 모았다. 모인 손이 태양의 테두리가 되었다. 유민이가 태양 그림의 테두리 안에서 색칠을 할 수 있도록 가장자리를 자신들의 손으로 막아 준 것이었다. 유민이는 친구들의 손바닥으로 막혀진 공간 안에서 자유롭게 색칠을 할 수 있었다. 친구들은 유민이를 지적하거나 불만을 표시하지 않았다. 유민이에게 색칠할 수 있는 기회를 기꺼이 주었고 그저 함께할 수 있는 방법을 찾아 손을 모았다. 선생님의 설명을 듣고 사진을 보니 옹기종기 모인 아이들의 손만 보였다. 태양을 색칠하려고 모인 아이들의 손을 한참을 봤다. 그 뒤로 은반 교실에 가서 보니 각 모둠이 만든 태양계가 곳곳에 붙어 있었다. 그중에서도 유민이네 모둠이 만든 태양계의 태양이 유독 더 뜨겁게 빛나고 있었다.

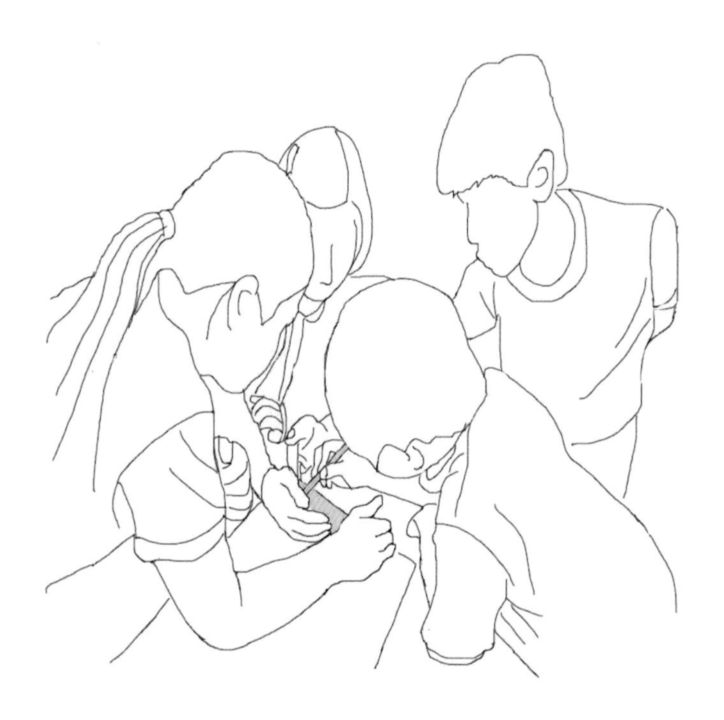

〈태양을 색칠하는 유민이와, 유민이를 돕는 친구들의 모습〉

네가 좋아하는 것으로 채워 줄게 1

아이들은 서로의 필요를 누구보다도 잘 안다. 특수아동의 필요에 대해 아동의 부모나 선생님들보다 학급의 친구들이 더 잘 알고 있는 경우가 있다. 그들은 서로에게 양육자나 전문가도 아닌 친구이기 때문이다.

통합학급의 수업 시간에는 특수아동의 수업 참여를 위해 교수 수정이 필요하다. 교수적 수정은 장애 학생이 일반교육과정의 요구에 최적의 수준으로 참석할 수 있도록 교수 환경, 교수 집단, 교수 방법, 교수 내용, 평가 방법 등을 조절하는 것을 의미한다.[4] 주로 수업 시간에는 아동의 개별화된 교육 목표에 맞게 교수 내용, 교수 방법, 교육 활동 참여 방법 등을 수정하곤 했다. 이때 통합학급의 교과서나 활동지 사용을 위해 아동의 수준에 맞게 수정된 학습지를 사용하기도 했다.

4 국립특수교육원, 『특수교육학 용어사전』, 하우, 2018, 59.

5학년 은성이의 개별화 교육 목표 중에는 획순에 맞게 글씨 쓰기, 낱말 보고 읽기가 포함되어 있었다. 수업에서 쓰기 활동이 있을 때면 해당 단원에서 다뤄지는 낱말 쓰기, 낱말 읽고 연결하기 등으로 구성된 수정 활동지를 교실에서 활용했다. 어느 날 인성이의 수정 학습지를 점검하는데 활동지에서 새로운 그림들을 보게 되었다. 페이지마다 자동차, 경찰차, 소방차 등의 그림이 마치 도장을 찍어 놓은 것처럼 그려져 있었다. 학습지에 그려진 그림을 자세히 보니 인성이 친구들이 그린 것 같았다. 그림의 정체가 궁금해서 인성이와 같은 모둠 친구들에게 그림을 보여 주며 물어봤다. 알고 보니 이 그림들은 쓰기를 좋아하지 않는 인성이에게 칭찬 도장 같은 역할을 하고 있었다. 인성이는 경찰차, 소방차 등 사이렌 소리가 나는 자동차에 관심이 많았다. 종종 사이렌 소리를 흉내 내기도 했고 경찰차가 나오는 영상을 보는 것을 굉장히 좋아했다. 아이들은 인성이를 격려하기 위해 수업을 마치고 나면 인성이 학습지에 자동차 그림을 틈틈이 그려 주었다고 했다. 경찰차의 빛나는 경광등이며, 운전석에 앉아 있는 사람까지. 섬세한 그림에서 인성이를 생각하는 아이들의 마음이 느껴졌다. 오늘도 나는 상대방의 필요를 발견해 값없이 나누는 그 마음을 아이들에게 다시 배웠다.

네가 좋아하는 것으로 채워 줄게 2

쉬는 시간에 재훈이네 교실에 갔다. 몇몇 아이들이 신난 얼굴을 하고 나를 급하게 부른다. 재훈이와 친구들이 모여 있는 곳으로 다가가자 아이들이 뭔가를 보여 주며 말한다.

"선생님! 새로운 장난감이에요."

장난감은 원기둥 모양의 철통으로, 통의 겉 부분이 흰 종이에 감싸져 있었고, 윗부분엔 손잡이도 달려 있었다. 보자마자 무엇인지 알 수 없어서 아이들 표정을 살펴봤더니 마냥 즐거운 얼굴로 나를 바라본다. 나는 통 윗부분에 쓰인 글씨를 보고서야 용도를 알았다. 통을 감싼 종이에는 이런 문장이 쓰여 있었다.

"재훈이 전용, 장난감 2호, 버리지 마, 부수지 마."

글씨를 보자마자 너무나 귀여워 웃음이 터져 나왔다. 왜 이런 장난감을 만들었을까? 재훈이는 순하고 온유한 성품을 가진 키가 크고 마른 친구였다. 친구들은 같이 있으면 마음이 편안해지는 재훈이를 많이 아껴줬다. 재훈이는 자신의 손으로 손, 물건, 책 등을 반복적으로 치는 행동을 보였다. 아이들은 재훈이가 물건을 치는 행동을 보고 장난감이 필요하다고 생각했나 보다. 아이들은 책이나 책상을 치는 것보다 장난감을 치는 것이 더 재밌지 않겠냐며 흐뭇해했다. 정성스럽게 통을 종이로 감싸고, 손잡이가 되는 끈도 테이프를 여러 번 감아 튼튼하게 붙여 놓았다. 장난감 2호라고 쓰여 있기에 1호도 보여 달라고 했다. 1호는 손잡이도 없었고 2호보다는 내구성이 떨어져 보였다. 전용 장난감을 생각해 낸 아이들의 아이디어가 참신하고 재밌게 느껴졌다. 장난감을 보면서 한참을 웃었다. 언제나 친구의 즐거움을 찾아 주려고 애쓰고 노력하는 아이들이 정말 자랑스러웠다. 사실 재훈이는 장난감을 몇 번 손으로 쳐 보긴 했지만 그다지 흥미를 보이지는 않았다. 그런데도 아이들은 그저 즐겁다. 재훈이 장난감인데 재훈이보다 반 친구들이, 아이들보다 내가 더 신이 났다.

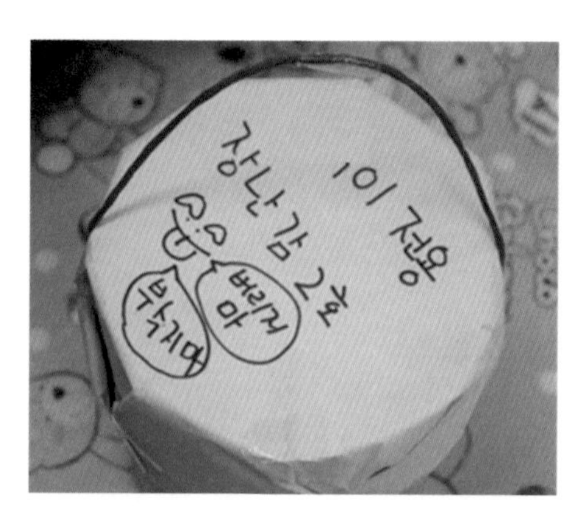

〈친구들이 재훈이를 위해 만들어 놓은 장난감〉

내가 너를 세워 줄게

어느 날 통합학급 담임 선생님이 특수교사들에게 전체 메시지를 보내왔다. 선생님은 아이들의 모습이 찍힌 사진을 첨부해서 상황을 설명했다.

〈칠판을 지우는 예진이와, 예진이를 돕는 친구의 모습〉

학급에서 칠판 지우기 역할을 돌아가면서 하는데 이 날은 예진이 순서인 날이었다. 그런데 예진이는 또래보다 체격이 작아서 칠판의 윗부분은 손이 닿지 않았다. 아무도 시키지 않았는데, 학급 아이들은 예진이 대신 해 주는 것이 아니라 예진이가 끝까지 직접 지울 수 있도록 모두가 모여 도왔다. 한 친구는 예진이를 번쩍 들어 손이 닿지 않는 곳을 지울 수 있도록 돕고 있었다. 다른 사진을 보니 예진이가 높은 곳에 있는 글씨를 지울 수 있도록 여러 명의 친구들이 예진이 팔을 잡고 있었다. 담임 선생님은 아이들의 모습이 예뻐서 카메라에 담아 놓았다며 메시지에 이야기를 전했다.

〈칠판을 지우는 예진이와, 예진이를 돕는 친구들의 모습〉

어떻게 이런 생각을 할 수 있을까?

내가 하고 싶은 욕심
내가 더 잘하는 걸 보여 주고
으스대고 싶은 마음.

그냥 효율성을 따져 좀 더 편하게
내가 대신 해 버리고 싶은 마음.

나라면 내려놓고 싶지 않은 이 마음들을
아이들은 고민도 하지 않고 선뜻 내려놓으며
친구를 돕는다.

나를 드러내기보다
내 친구에게 기회를 주는 마음.
나의 잘남과 어떠함을 내세우기보다
친구를 세워 주고 돕는 것의 진정한 가치.

아이들은 어쩌면
이미 모든 걸 다 알고 있는지도 모르겠다.

어떤 교육도 담아낼 수도

가지고 올 수도 없는
깊이 있는 가치를 가져다주는 통합.

이것이 참 좋다.

너를 통해 볼 수 있는 것

준하는 동그랗게 생긴 것을 정말 좋아한다. 동그란 통, 해, 돌멩이 등 좋아하는 것을 손에 꼭 들고 있곤 했다. 해는 들고 있을 수 없으니 항상 창문으로 하늘을 바라보며 흐뭇한 표정으로 해를 쳐다봤다. 날이 좋은 날이면 창문가에 서서 해를 보며 웃는 준하의 표정은 정말 행복해 보인다. 항상 창문 앞에서 하늘을 바라보며 해가 있는지 없는지를 확인한다. 날이 맑아 해가 쨍쨍할 때는 환한 미소를 지으며 고개를 들어 한동안 해를 바라보고 있다. 날씨가 흐려서 해가 없을 때면 울적한 목소리로,

"해가 죽었지! 왜 해가 죽었어!"

하며 해를 찾는다. 해가 죽은 것이 아니라고 설명해 줘도 준하는 보고 싶은 해가 없어 아쉬운 모양이다. 쉬는 시간에는 놀이터에 가서 돌멩이를 들고 온다. 서랍 맨 앞줄에 돌멩이를 나열해 두고는 수업 시간에 슬쩍슬쩍 만져 본다.

하루는 교실 수업 중에 내가 준하 가까이에 다가갔다. 그날도 돌멩이가 서랍에 있는 줄은 나도 몰랐다. 내가 아무 말도 하지 않았는데 준하가 눈을 동그랗게 뜨고는 말한다.

"수업 끝나고 만져."

준하의 손은 이미 서랍 속에 있었다. 서랍엔 돌멩이들이 줄지어 서 있다. 그 모습이 어쩌나 사랑스러운지 생각만 해도 저절로 웃음이 난다.

준하의 모습을 바라보는 아이들의 눈에서도 하트가 나온다. 친구들에게 유독 인기가 많은 준하였지만 아이들이 준하에게서 무엇을 보고 있는지는 나는 알 수 없었다. 그런데 준하와 같은 반 친구인 윤아가 준하에게 쓴 편지에 내가 몰랐던 보물이 담겨 있었다.

"준하야, 언제나 답답하고 힘들 수 있는 너의 과정에서 너는 포기하지 않기를 바라. 나는 가끔씩 척척 하는 네가 부러운 적도 많고, 또 매일 햇빛 보고 웃으며, 피아노 치며, 팽이 보고, 선생님 보고 웃는 너의 얼굴을 수없이 5년 동안 보던 나는 왠지 나도 주님께서 아름답게 창조해 주신 이 자연을 더욱 느껴야겠다고 깨달은 점이 많아."

편지를 하도 여러 번 읽어서 이제는 내용을 다 외워 버렸다. 나는 윤아를 통해 준하를 다시 본다. 윤아는 준하를 통해 세상을 다시 보는 것 같다.

우리가 할 수 있는 그대로, 너에게도 기회를

교실에는 '사랑이'라는 이름의 역할을 하는 친구가 있다. 사랑이는 학급의 비장애 아동이 장애 아동과 쉬는 시간, 점심시간을 함께하는 역할을 의미한다. 학급 아이들이 번갈아가며 사랑이 역할을 담당했다. 그런데 아이들이 자신의 차례를 기억하기가 쉽지 않아서 역할을 놓치는 일이 빈번하게 발생했다. 놓치는 것을 방지하고자 협력교수 수업 시간에 내가 통합학급 아이들과 상의를 했다. 아이들은 칠판에 자신의 이름이 적혀 있으면 더 기억하기 쉬울 것이라며 사랑이 이름을 칠판에 적어 줄 사람을 뽑아 달라고 했다. 자원을 받았더니 네 명의 친구가 손을 들었다. 한 사람이 한 달 동안 섬기는 방법으로 번갈아가면서 담당하기로 했다. 하고 싶다고 손을 든 친구 중에는 윤성이도 있었다.

윤성이는 포근하고 귀여운 얼굴에 마음씨도 따스한 아동이다. 수

줍음이 많지만 친해지면 온 마음이 녹는 애교를 보여 준다. 뭐든지 적극적으로 성실히 임하는 윤성이는 다운증후군을 갖고 있다. 윤성이는 친구가 하는 것은 뭐든지 똑같이 하려고 했다. 칠판에 이름 쓰는 역할을 본인도 하겠다고 손을 번쩍 들었다. 윤성이가 혼자서 하기에는 도움이 필요한 수준이라 담당하는 친구들에게 물었다.

"윤성이랑 같이 쓸래?"

나의 질문에 아이들은 고민도 하지 않고 선뜻 그렇게 하겠다고 했다. 어떻게 같이 쓰는 것이 좋은 방법일지는 나누지 못하고 수업이 끝났다. 그런데 함께하는 방법은 이미 아이들 안에 완성되어 있었다. 다음 날부터 교실에 가서 보니 칠판에 사랑이 친구 이름이 쓰여 있었다. 똑같은 이름이 두 번씩.

윤성이는 아직 한글을 익히고 있어서 듣고 쓰기에는 어려움이 있었고 보고 쓰기를 하는 단계였다. 수업 시간에 쓰기 활동이 있을 때는 쓰여 있는 글씨 바로 밑 부분에 보고 쓰기를 하면서 참여했다. 아이들은 그것을 칠판에도 적용했다. 담당하는 친구가 그날의 사랑이 이름을 칠판에 먼저 썼다. 그 다음 이름 밑에 칸을 만들어 윤성이가 보고 쓸 수 있도록 알려 주었다. 매일매일 하는 것이 귀찮을 법도 한데 벌써 한 달 내내 칠판에는 친구들의 이름이 두 번씩 쓰여 있다.

초등 5학년 교실에서 일어나는 이 소중한 이야기들을 혼자 보기가 아깝다. 교실만큼 아름다운 공간이 또 있을까?

〈친구들과 윤성이가 칠판에 써 놓은 사랑이 친구들의 이름〉

〈칠판에 사랑이 친구 이름을 쓰는 윤성이의 모습〉

우리 함께 뛰자

5학년 체육시간. 체력장을 하는 날이었다. 1,000m 달리기를 위해 운동장에서 열 바퀴를 뛰고 소요된 시간 기록을 측정하는 활동이 이어졌다. 학급의 모든 아이가 각자 열 바퀴를 뛰고 기록을 측정했다. 특수아동의 경우에는 아동의 장애 정도와 현행 수준에 따라 지원이 필요했다. 아이의 수업 참여를 위해 특수교사나 섬김이 선생님의 수업 지원이 있기도 했지만 인력에는 제한이 있어서 성인의 보조 인력이 없는 수업도 많다. 이날 참반 수업에는 섬김이 선생님이 있었는데 체육 선생님은 학급 친구들이 나서도록 아이들에게 기회를 줬다.

참반의 윤성이와 현우는 운동장 안에 표시된 트랙을 지키며 뛰는 것과 바퀴 수를 기억해 남은 분량을 계산하는 것에 지원이 필요했다. 체육 선생님은 이미 기록 측정을 마친 친구 중에서 윤성이와 현우를 도와줄 친구들을 선정했다. 학급 아이들에게 현우와 윤성이를 돕고 싶은 마음이 있으면 자원하도록 의견을 물었다. 아이들은 선뜻 돕겠다고 나섰고 열 바퀴를 뛰고 난 뒤에 한 번 더 뛰는 선택을 했다. 아이들은 이미 지쳤을 만도 한데 윤성이, 현우와 함께 속도를 맞춰 뛰어 주었다. 힘들어서 멈추고 싶은 마음에 공감하듯 격려와 칭찬도 아낌없이 전했다. 아이들의 모습이 정말 예뻤다며 섬김이 선생님이 찍어 둔 사진을 내게 보여 줬다.

사진 속에는 학급 남자 친구들이 현우 옆에서 함께 뛰며 엄지를 들어 격려하는 모습, 앞에서 방향을 잡아 주며 함께 뛰는 모습, 뒤에서 함께 뛰어 주는 모습 등이 고스란히 담겨 있었다. 다정함이 한가득 담긴 사진 속 아이들의 표정을 보면서 이런 질문이 떠올랐다.

'이 아이들 마음에 무엇이 있을까?'
'무엇이 아이들에게 함께 뛸 수 있는 삶을 살게 할까?'
'아이들은 알고 있는 그것을 우리는 언제쯤 알게 될까?'

선생님, 이렇게 하는 거예요 1

학교에서 첫해를 보내면서 무엇을 어떻게 해야 할지 갈피를 못 잡던 내게,

'선생님, 이렇게 하는 거예요.'

하고 아이들이 가르쳐 주는 것 같은 순간들이 참 많았다. 아이들의 마음을 읽어 주기도, 아이에게 필요한 것을 발견해 주기도 어려웠던 그때는 그저 아이들에게,

"아니야, 안 돼. 하지마."

라고 말하기에 바빴던 나였다. 첫사랑이기에 가장 뜨거우면서도 어설픈 그 사랑. 떠올릴수록 아이들에게 참 미안하다.

첫해의 두 번째 학기. 재훈이가 한창 울던 때였다. 평소 순하고 착한 재훈이는 규칙에 대한 이해가 빨랐고, 스스로 할 수 있는 것이 많은 친구였다. 그런 재훈이가 2학기에 들어서면서 기분이 좋지 않은

지 소리를 지르며 우는 빈도가 잦아졌다. 재훈이는 발화가 어려웠고 나는 재훈이의 눈빛, 표정, 소리, 행동 등을 통해 마음을 읽어 내려 애를 썼다. 하지만 복도에 재훈이 울음소리가 쩌렁쩌렁 울리는 일은 매일 반복되었고, 좀처럼 줄어들지 않았다. 담임 선생님과 논의하여 여러 가지 방법을 찾아봤지만 이래도 저래도 울음이 길게 이어지곤 했다.

오늘도 재훈이가 통합학급에서 큰 소리로 울기 시작했다. 재훈이네 교실에 있었던 나는, 최대한 수업 활동에 방해가 되지 않도록, 재훈이가 울음을 멈추거나 울음소리를 줄여야 된다고 생각했다. 교실은 분주하게 모둠 활동이 진행 중이었고, 나는 재훈이 손을 잡고 이야기했다.

"재훈아! 그만 울어, 그만!"

단호하게 말하고 있는 그때, 평소 재훈이랑 친하게 지내는 친구 민혁이가 가까이 다가왔다. 민혁이는 재훈이 등을 손으로 쓰다듬으며 다정한 목소리로 말을 건넸다.

"재훈아, 힘들어?"

차분하면서도 따스한 민혁이의 말이 끝나자마자 나는 나의 모든 행동을 멈추게 되었다. 따스함 앞에 서니 선명해진 내 행동의 온도가 나를 얼어붙게 했다. 아이의 마음을 살펴볼 수 없는 분주하고 조

급한 마음이 나를 사로잡고 있었음을 보게 되었다.

재훈이를 사랑하는 민혁이의 마음이 내게 말을 걸어왔다.
'선생님! 이렇게 하는 거예요.'

아이들은 내 친구가 왜 우는지, 친구에게 지금 필요한 것이 무엇인지 알고 있다. 상대를 바라보는 시선이 서로의 마음에 있기 때문이다. 재훈이의 울음이 바로 멈춰지지는 않았지만 나의 분주함으로 인한 차가운 마음의 질주는 멈출 수 있었다.

선생님, 이렇게 하는 거예요 2

6학년 단반의 성훈이는 웃음이 많았고 기억력이 좋아 친구들 이름을 잘 외웠다. 소리에 민감해서 특정 소리를 반복해서 내기도 했다. 다른 사람이 했던 말을 기억했다가 모방하는 빈도도 잦았다. 성훈이는 학급에서 찬양을 하며 기타를 치시는 선생님의 모습을 바라보는 것도 무척 좋아했다. 관심 있는 것이나 좋아하는 것이 분명했고 관심 있는 것을 보려고 자리에서 일어나 교실을 돌아다니기도 했다.

매주 수요일 아침에 있는 6학년 예배 시간. 성훈이가 평소보다 소리를 더 크고 빈번하게 내기 시작했다. 성훈이는 찬양이 시작되자 기타 소리에 반응을 보이며 자리에서 일어났다 앉았다를 반복했다. 나는 성훈이가 지금 힘이 들더라도 예배 시간에 조용히 앉아 있는 연습을 해야 한다고 생각했다. 내 맘을 아는지 모르는지. 성훈이는 계속 소리를 내며 자리에서 일어나 무대 쪽으로 가려고 했다. 행동이 반복되자 나는 걱정이 앞서 기운이 없어졌다. 조용한 목소리에 근심을 한가득 담아 성훈이에게 말했다.

"아휴 성훈아, 오늘 왜 그래. 조용히 해야지."

힘없이 성훈이를 쳐다보고 있었는데 조금 뒤 성훈이 옆에 앉은 정우가 성훈이를 다정하게 바라보며 말한다.

"성훈아, 일어나고 싶은데 앉아 있어서 힘들지?"

그 뒤로 정우가 직접 말하지는 않았지만 덧붙인 말소리가 들리는 것 같았다.

'저기요, 선생님! 이렇게 하셔야 됩니다!'

정우에게 중요한 건 성훈이가 한 행동이나 상황을 방해한 정도가 아니었다. 그저 지금 느껴지는 성훈이의 마음이었다. 친구의 행동에서 전해지는 마음의 소리를 정우는 읽어 내고 있었다.

이날 예배 이후로 나는 내가 얼마나 아이들의 마음을 읽어 주고 있는가를 여러 번 되짚어 보게 된다. 나는 아이의 행동 자체에만 초점을 두곤 했다. 같이 살아가기 위해서는 아이에게 사회적으로 허용 가능한 행동을 최대한 빨리 가르쳐야 한다고 생각했다. 아이에게 올바른 행동을 알려 주기 이전에 우선되어야 하는 가장 중요한 것을 놓치고 있었다. 아이가 어떤 말을 하고 싶은지, 나에게 무엇을 전하고 싶은 것인지 한번 더 생각해 보고 그것을 읽어 주는 것이 먼저였고 더 중요했다. 정우의 행동은 내게 이것을 다시 깨닫게 했다.

해가 지날수록 나는 아이들의 마음에 한 발 더 가까워질 수 있었다. 아이의 마음을 읽어 주기만 했을 뿐인데도 아이에게 변화가 일어나는 것을 마주하게 될 때가 있다. 그 마음에 무엇이 들었는지 살펴 주었더니 어느새 내가 가르치고자 했던 목표 행동을 아이가 보여주고 있다. 마치 굳어져 변할 수 없었던 내가 오롯이 내 마음을 살피시는 그분의 사랑에 조금씩 변하고 있는 것처럼 말이다.

네 마음을 알 수 있다면

동준이는 평소 자신이 하고 싶은 것을 정확히 표현한다. 관심 있는 것이나 보고 싶은 것을 친구나 교사에게 열심히 이야기한다. 자기가 좋아하는 이야기를 할 때면 보는 사람마저 미소 짓게 하는 동준이만의 사랑스러운 표정도 볼 수 있다.

그런데 그런 동준이가 이틀째 계속 기분이 별로였다. 말도 잘 하지 않았고, 물어봐도 대답이 없는데다가, 평소 좋아하는 것에 대해서 이야기를 건네도 반응이 없었다. 평소와 다른 동준이를 보면서 걱정하고 있었는데 하교 시간에 교실 앞에서 우연히 동준이의 언어 치료 선생님을 만났다. 선생님에게 동준이의 모습에 대해 전하고 같이 대화를 나누었다. 복도를 지나가던 동준이 친구 윤석이가 언어 선생님과의 대화가 끝나자 나에게 물어봤다. 선생님과 대화를 나누던 나의 걱정스러운 표정을 본 모양이다.

"왜요? 동준이 무슨 일 있어요?"

윤석이는 평소에도 동준이를 좋아해서 동준이한테 관심이 많았다. 윤석이의 질문에 내가 말했다.

"윤석아, 요새 동준이가 말이 없어서."

"맞아요, 동준이가 월요일부터 기분이 안 좋은 것 같아요."

"그렇지? 왜 그런 것 같아?"

윤석이의 의견이 궁금해 내가 물었다.

윤석이는 무덤덤하게 답했다.

"헤어스타일이 마음에 안 들었나 봐요. 머리를 자르고 온 다음부터 그랬어요."

상상도 못한 참신한 대답이다.

'헤어스타일이라니…….'

윤석이가 이렇게까지 동준이를 세심히 관찰하고 있는지는 몰랐다. 아이들의 마음은 아이들만 알 수 있는 것인가. 내게는 멋지게만 느껴졌던 동준이의 머리카락을 한동안 쳐다봤다. 한 번도 동준이의 헤어스타일을 유심히 본 적 없던 나였다. 윤석이의 대답에 웃고 넘어갔지만

"헤어스타일이 마음에 안 들었나 봐요."

하는 귀여운 대답이 종일 귀를 맴돈다.

모둠 구성하기

향반의 국어 수업 활동 중에 모둠 연극 활동이 있었다. 보통은 자리 배치에 반영된 모둠대로 활동할 때가 많았는데, 이번엔 원하는 친구들끼리 모둠을 정하기로 했다. 모둠을 정하는 시간에 동준이는 특수학급 수업으로 자리를 비웠더니 모둠이 미정인 상태였다. 동준이는 어느 모둠에서 함께하도록 해야 할까 생각하다가 담임 선생님과 의논한 후에 아이들에게 말했다.

"얘들아! 선생님이 특권을 줄게! 동준이랑 같은 모둠을 할 수 있는 특권이야! 동준이의 연기력과 귀여움을 모둠 연극에 더할 수 있지! 자, 동준이와 함께하고 싶은 모둠! 누가 할래?"

아이들 앞에서 용감하게 말했지만 사실 마음 한구석에는 걱정이 숨어 있었다. 아무도 동준이와 같은 모둠이 되는 것을 원하지 않으면 어떻게 해야 할까 하는 생각 때문이었다. 동준이는 학급에서 인기도 많고 친구들의 사랑을 독차지하고 있었음에도 특수교사의 걱정은 끝이 없다. 나의 염려를 가리려고 더 큰 목소리로 아이들에게 물었다. 질문을 마치자마자 아이들은 기다렸다는 듯이 말했다.

"저요!"

"저요!"

무려 세 모둠이 동준이와 같이 하고 싶다고 손을 들었다. 세 모둠 중에서 동준이가 모둠을 선택하도록 했지만 동준이가 바로 의견을 보여 주질 않았다. 세 모둠의 가위바위보를 통해 동준이가 함께할 모둠이 정해졌다.

학교에서 아이들이 현장학습을 가게 되거나 학급에서 활동을 할 때면 그룹으로 참여하는 것을 위해 모둠을 구성할 때가 많다. 모둠을 정할 때는 담임교사가 모둠 구성 방법을 제안하기도 하고 아이들에게 자율권을 주기도 한다. 아이들끼리 모둠을 정하는 경우에는 학급의 특수아동이 소외되는 일이 생기기도 한다. 모든 아이들이 모둠에 속했는데 특수아동만 모둠이 정해지지 않은 것이다. 드물게 발생하긴 하지만 이런 순간을 상상만 해도 속상한 마음이 불쑥 올라온다. 나의 정체성이 특수교사였지 하고 또다시 느끼는 순간이다.

담임 선생님들은 특수아동의 소외를 방지하기 위해 아이들이 자율적으로 모둠을 조직하도록 하되 약간의 제한을 둔다. 예를 들면 모둠 구성이 끝난 후에 모둠에 속하지 않은 친구가 발생하게 되면 구성한 모둠은 전부 무효가 된다는 규칙을 세우기도 한다. 특수아동을 포함한 모둠이 먼저 구성이 되어야 다른 친구들도 모둠을 정할 수 있게 된다는 규칙을 적용하기도 한다. 기준을 조금만 세분화해 주면 아이들은 모든 친구들이 모둠에 속하는 방법을 만들어 낸다. 때론 담임 선생님이 특수교사와 협의하여 모둠 구성 전에 몇몇 친구들과 대화를 나누어 함께할 친구들을 미리 세워 놓기도 했다.

누군가는 잊을 수 있고 누군가는 놓칠 수도 있다. 하지만 이렇게 또 다른 누군가가 기억해 주고 손 내밀어 준다면 모두가 함께할 수 있다. 함께하는 방법은 존재하지 않는 것이 아니라 찾는 것이니까.

놀이공원에서도

6학년 2학기가 끝날 무렵, 학년 전체가 놀이공원으로 1박 2일간의 엠티를 갔다. 놀이공원에서는 모둠별로 다니는 것이 규칙이었고 모둠에서 한 명의 친구가 핸드폰을 가지고 있다가 담임 선생님과 연락할 수 있도록 했다. 특수아동도 모두 학급에서 편성한 모둠에 속해 친구들과 함께 다녔다. 아동의 장애 정도에 따라 도움이 필요한 경우 담임교사, 교과 전담 교사, 특수교사가 특수아동이 속한 모둠에 동행해 함께 다니면서 아동 돌봄을 도왔다.

6학년 향반에는 순하고 착한 성품의 동규가 있었다. 동규는 의사소통에 지원이 필요했고 학년 아이들 중에서도 실종의 위험이 있어 보조 인력의 도움이 가장 많이 필요했다. 아이들의 현행 수준과 상황을 고려해 나는 1박 2일간 동규와 동행하기로 했다. 동규네 반은 희망하는 친구들끼리 종이에 이름을 적어서 제출해 모둠을 정했다.

세 명의 남자 친구가 동규와 함께하겠다고 자원을 해서 광희, 재원이, 희찬이, 동규 이렇게 넷이 한 모둠이 되었다. 의무나 강요도 없이 그저 아이들의 마음에 있는 우정으로 조직된 이 모둠. 모둠의 시작이 그러했듯 1박 2일 동안 아이들은 그들 사이에 있는 우정이 무엇인지 내게 보여 줬다.

놀이공원에는 사람이 정말 많아서 인기 놀이기구는 한 시간 넘게 줄을 서서 기다려야 했다. 동규는 장애인 복지카드가 있어서 줄을 기다리지 않고 먼저 입장하는 제도를 사용할 수 있었다. 놀이공원 측에서는 장애 아동 한 명당 동행인 한 명만 놀이기구를 함께 탈 수 있다고 원칙을 제시했다. 우리는 동규를 포함한 세 명의 아이들이 한 모둠으로 움직이고 있었다. 동규와 다른 한 친구가 놀이기구를 타게 되면 나머지 두 명의 친구가 놀이기구를 탈 때까지 기다려야 했고 모둠은 분리되어야 했다. 그렇다고 동규가 나하고만 놀이기구를 타게 할 수는 없었다. 동규도 학급 친구들과 놀이공원에 왔기 때문이다.

원칙의 배경이 있겠지만, 나는 이 원칙을 바꿔야 한다고 생각했다. 장애 아동이 놀이공원에 와서 시간을 보낼 때면 아동의 가정이 함께 하는 경우도 많을 것이다. 그런데 보호자 한 명만 장애 아동과 놀이기구를 함께 탈 수 있게 한다는 것은 현실을 반영하지 않은 오류가 있다고 생각되었다. 나는 새로운 놀이기구에 입장할 때마다 동규와 세 명의 친구들이 동시에 놀이 기구를 탈 수 있도록 요청해야 했다. 다행히 놀이 기구를 운영하시는 대부분의 직원분들께서 요청을 들어주셨다. 요청이 받아들여지지 않을 때는 동규도 한 시간 넘게 줄을 기다려야 했다.

직원분이 요청을 받아 주셔서 기다리는 줄을 지나 먼저 놀이기구를 타고 나왔다. 밖으로 나오면서 재원이가 환하게 웃으며 말했다.

"동규야, 고마워."

이유가 궁금해 내가 물었다.

"재원아, 왜?"

"동규 덕분에 줄을 기다리지 않았잖아요."

재원이가 답했다. 재원이는 동규 덕분에 놀이기구를 빨리 탈 수 있었다는 것을 생각하고 동규에게 고마움을 표현했다. 오히려 나는 동규와 즐거움으로 함께해 주는 이 아이들에게 고마운 마음이었는데, 아이들은 나와 달랐다. 아이들은 동규의 표정을 살펴 주고, 동규에게 놀이기구가 재미있는지, 무서운지를 물어보곤 했다. 롤러코스터를 탈 때는 동규 옆에 앉은 친구가 동규의 안전벨트를 채워 주며 확인해 주었다. 조금이라도 동규가 무리에서 벗어난다 싶으면 바로 동규의 손을 잡거나 팔짱을 끼고,

"동규야 같이 가자."

라고 이야기했다.

나는 놀이공원에서 다니는 동안 모둠 친구들에게 동규를 챙겨 달라거나 동규랑 같이해야 한다는 어떤 부탁이나 잔소리도 하지 않았다. 오히려 내가 아이들이 부담을 느끼고 있는 것은 아닐까 싶어서,

"이번엔 너희 하고 싶은 것 편하게 해도 좋아. 동규를 선생님이 챙길게."

라고 이야기할 정도였다.

교실도 아닌 놀이공원에서 아이들이 내게 보여 준 모습은 또 하나의 잊지 못할 장면이 되었다. 6학년 2학기는 아이들이 사춘기에 접어들면서 초등 시절 중에 가장 미운 모습을 보여 주는 시기라고들 한다. 사춘기로 가는 길목에서 이런 보석 같은 장면들을 선물해 주는 아이들에게 정말 고마웠다. 아이들에게 꼭 전해 주고 싶다.

"얘들아, 너희가 최고야! 정말로 고마워!"

외면하고 싶은 순간에

교실에서 아이들이 펼쳐 놓는 천국의 장면들은 나를 사로잡았다. 글이나 사진으로 남겨 두고도 아쉬움이 남아 주변 사람들에게 자랑을 하곤 했다. 하지만 꺼내고 싶지도, 돌아보고 싶지도 않을 만큼 외면하고 싶은 장면들도 분명히 존재했다. 내가 낼 수 있는 가장 큰 소리를 내서라도,

"그만~!"

이라고 외치고 싶은 장면들이 중앙에도 있다.

사람이 사는 곳에 그런 장면이 어떻게 없겠냐며 위안을 해야 하는 순간들이 때로는 오랫동안 마음을 울적하게 한다. 차별이나 소외, 괴롭힘, 놀림 등이 절대로 발생할 수 없는 일이 되지는 못했다. 행동의 정도나 문제의 심각성이 어느 정도인가는 그리 중요하지 않았다. 이 아이를 소중히 여기는 누군가에게 상처가 되었다면, 아이가 표현

하지 않았지만, 아이에게 상함이 된다고 판단되는 순간이라면 그것이 곧 가장 중요한 문제였다.

아이들에게 이런 일들이 발생할 때면 교사로서 아이를 보호해 주지 못했다는 자책감이 오래도록 나를 힘들게 했다. 아이를 볼 때마다 눈물이 나려는 것을 꾹 참아야 했다. 무섭도록 차가운 그 일들 앞에서 교사로서 여러 사람들의 마음을 살피고 지혜롭게 행동한다는 것은 매우 어려운 일이었다. 그래도 이렇게 시간이 지나,

'그래, 그땐 이런 일이 있었지.'

라고 담담히 기억할 수 있는 것은 그 시간들을 함께 걸어 준 이들이 있어서다.

학급의 한 친구는 아무도 말해 주지 않는 이야기를 내게 건네준다. 특수아동이 속상할 것 같았던 일들을 기억해 두었다가 내게 와서 조심스럽게 전한다. 담임 선생님은 어느 아이 편에도 설 수도 없는 입장인데도 누구보다도 아이들 개개인을 사랑하는 자리에 서서 특수교사와 협력한다. 사실 내가 노골적으로 특수아동 편에서 날이 선 태도로 서 있음에도 나의 위치에서 마땅히 해야 되는 역할이라며 이해해 준다. 교실에서 일어난 일을 전하는 내게, 아동의 어머니는 이런 말을 한다.

"선생님, 선생님이 이렇게 이야기해 주시니, 같이 마음 아파해 주시니, 힘이 되어요."

누구보다도 가슴 아픈 시간을 마주하게 되었을 텐데도 내가 전하는 작은 공감에 어머니는 위로를 얻는다. 아프고 힘들었지만, 함께하고 있었기에, 지나올 수 있었다. 나는 이런 아픈 일들이 또다시 생기지 않기를 바라는 움직임을 더 힘차게 내디뎌야 했다. 이전보다 더 단단한 마음이 되어 통합학급 아이들 앞에서 끊임없이 이야기한다.

"침묵하는 것은 동의하는 것과 같아요. 누군가가 아파하고 있다고 느껴진다면 절대로 침묵하지 말고 목소리를 내세요. 친구들에게 '그런 행동은 하지 마!'라고 이야기하세요. 선생님에게 와서 이야기를 해도 좋고 편지를 써도 좋아요. 누군가의 목소리가 되어 줄 수 있다면 꼭 목소리를 내세요."

이런 이야기를 무겁게 전한 날이면 몇몇 아이들은 생각난 것이 있는지 협력교수 수업을 마치자마자 내게 다가와 재잘재잘, 때론 귓속말로 여러 가지 이야기를 전해 준다. 예를 들면 친구들 사이에서 가끔씩 튀어나오는 불친절한 말투나 타인에게 물건을 잘 빌려주지 않는 것 등이 있었다. 그런 행동의 대부분은 특정 아동이 특수아동에게만 악의적으로 하는 것이 아니라 학급 친구들 모두에게 습관적으로 하는 행동인 경우가 많았다. 앞뒤 상황을 세밀히 파악해 드러내야 하는 문제들도 분명히 있었지만, 듣다가 '풋' 하고 나오는 웃음을 참아야 하는 고자질도 참 많았다. 이런 기분 좋은 고자질은 내 안에

차곡차곡 쌓여 하나의 에너지가 되기도 한다. 누군가는 이만큼 아이를 살피고 있다는 것이, 사소해 보이는 불친절도 민감하게 반응할 수 있는 누군가가 교실에 있다는 것이 큰 위로가 되었다. 어른들의 눈을 피해 일어나는 일들에 대한 염려와 두려움도 조금은 내려놓을 수 있었다.

아이들과 힘을 모으지 않으면 나는 이 자리에서 어떤 것도 해낼 수가 없다. 아이들이 보여 주는 사랑이 없으면 나는 이 자리에서 어떤 이도 사랑해 낼 수가 없다. 아이들로 인해 외면하고 싶은 순간에도 나를 일으키는 것은 곧 아이들이었다.

속상했다고 고백하기

통합학급에서 자유롭게 시간을 보낼 때면 종종 혼자 멀찍이 떨어져 있는 아이들을 발견하곤 한다. 교실이나 운동장, 현장학습에서 보내는 자유 시간에, 반 대항으로 운동 경기를 할 때 등 다양한 상황에서 혼자 남겨진 아이들을 본다. 교실에선 학급 친구들과 우정을 세워 가며 지냈던 특수아동도 어느새 주변에 아무도 없이 홀로 서 있는 것을 보게 되는 경우가 있다. 친구들이 있는 공간 안에는 함께 있지만 외딴 섬이 되어 같이 참여하지는 못하고 있는 모습이다. 이런 순간에도 대부분의 특수아동은 학급 친구들에게서 분리되기보다는 친구들이 있는 곳에 같이 있는 것을 선호한다. 그 마음을 너무나 잘 알기에 순간 괜히 화가 나고 울적해져 큰 소리로 외쳐 본다.

"얘들아! 사랑이 어디서 뭐 하니?"

학급 친구들에게 함께해 주지 않는 것을 지적해 볼까 생각했다가도, 혹여나 이 시간이 쌓여 아이들 사이에 부정적인 감정이 싹트게 되지는 않을지 고민하고 있는 나를 보게 된다.

아이들에게 말도 못하고 끙끙거리다 보면 오랫동안 많은 생각이 든다. 어떻게 이런 문제를 해결할 수 있을까, 지금이 아닌 먼 훗날 우리 아이들 옆에 누가 있을 수 있을까 하는 답이 없는 여러 가지 고민이 한없이 맴돈다. 긴 고민 끝에 나는 나의 감정을 아이들에게 솔직하게 전해 주기로 했다. 누군가에겐 이런 감정들이 생기기도 한다는 걸 아이들도 알았으면 했다. 자연스러운 모든 것에 인위적인 장치를 더해 해결하는 것보다 나의 속상한 마음을 아이들과 먼저 공유하고 싶었다. 협력교수 시간이 되어 통합학급 아이들에게 물었다.

"얘들아, 지난번에 공원에서 내가 엄청 속상했었어. 왜 속상했을 것 같아?"

내 질문에 몇몇 아이들이 대답한다.

"윤성이랑 현우 때문에요."

"지난번에 공원에서 자유 시간이 있었잖아. 각자 자기가 하고 싶은 놀이를 무리를 지어 하고 있는데 윤성이와 현우는 주변에 아무도 없이 혼자서 있더라. 선생님은 너희들이 같이 놀 수 있을 거라고 생각했는데 혼자 있는 윤성이 현우를 보니 너무 속이 상했어. 집에 와서도 한동안 울적하고 기분이 좋지 않았어."

고맙게도 아이들은 속상하다며 하소연하는 나의 이야기를 경청해 주었다. 이야기를 듣는 아이들의 눈빛과 표정에서 자신들도 달리 특별한 마음에서 한 행동이 아니었다는 메시지를 읽을 수 있었다. 평소 이 아이들이 현우와 윤성이에 대해 어떤 마음을 가지고 있는지 잘 알고 있었던 나였다. 그 마음이 예뻐서 항상 아이들에게 고마웠기에 나의 속상함도 더 컸던 것 같다. 솔직하게 말하고 나니 윤성이와 현우에 대한 나의 마음과 아이들의 마음이 마주 보게 되었다. 서로의 마음이 그리 다른 색깔이 아니었음을 볼 수 있었고 그저 속상하다고 이야기했을 뿐인데도 금세 마음이 편안해졌다.

나의 이야기를 듣고 난 후에 아이들은 수업 활동 내내 윤성이와 현우를 유독 더 챙긴다. 때로는 서로 챙긴다고 티격태격하기도 한다.

"야, 윤성이 하라고 해. 너만 하지 말고."

"너는 윤성이한테는 기회 안 주냐?"

"현우야, 너 먼저 해 봐."

평소에 보여 주었던 모습인데도 내 눈에 유독 더 자주 들어오는 이유는 기분 탓일까. 쉬는 시간이 되자 윤성이와 현우 옆으로 아이들이 몰려든다. 속상한 내 마음을 의식한 아이들의 사랑스러운 행동들에 피식 나오는 웃음은 감출 수가 없다. 언제 속상한 일이 있었냐는 듯, 교실에는 웃음이 넘친다. 오늘도 나는 아이들에게 도움을 받았다.

천하무적

5학년 체육 행사로 학급 대항 피구, 발야구 대회를 열기로 했다. 체육 시간이나 놀이 시간에 아이들은 발야구와 피구 경기를 연습해 왔다. 나는 학년 회의시간에 담임 선생님들에게 특수아동은 두 경기에 어떻게 참여하는 것이 좋을지 의견을 물었다. 나의 질문에 단반 담임 선생님이 대답했다.

"저희 반은 무적으로 참여해요."

내가 다시 물었다.

"무적이요?"

선생님이 웃으며 말한다.

"천하무적!"

알고 보니 단반에서는 발야구 경기에서 특수아동이 천하무적을 담당하도록 정했다고 했다. 천하무적은 경기 중에 아웃되지 않고 1

루, 2루, 3루까지 지나 홈으로 돌아올 수 있었다. 특수아동도 경기에 참여해 학급 점수에 기여하는 것이다. 아동의 성향과 경기 규칙을 생각해 보니 정말 좋은 아이디어였다. 천하무적이라는 호칭이 신선했고, 아이가 적절히 참여할 수 있다는 것에 기뻤다. 담임 선생님은 학급 아이들이 생각해 낸 것이라며 우리보다 방법을 훨씬 더 잘 찾는다고 칭찬했다.

다른 반에서도 이미 놀이 시간에 했던 발야구와 피구 경기에 특수아동이 모두 참여하고 있었다. 피구 경기에서는 특수아동에게 새로운 규칙을 적용해 줬다. 경기가 시작될 때 공을 던지는 기회 주기, 경기 중에 공을 던질 수 있는 횟수 정해 주기, 공을 맞아서 아웃되더라도 부활할 수 있는 기회 제공하기 등이 있었다. 경기 방식에는 큰 변화가 없지만 규칙을 새로 적용함으로써 특수아동의 유의미한 참여를 끌어 낼 수 있게 된다. 동시에 학급 안에서는 장애 아동도 경기에 참여할 수 있고 점수를 기여할 수 있는 친구라는 인식이 세워진다. 또 공동체의 하나 됨이 어떤 의미인지, 어떻게 하면 하나가 될 수 있는지를 배울 수 있는 시간이 된다.

천하무적을 생각해 내고 경기의 규칙을 조절하는 것이 쉽지만은 않다. 처음엔 어떻게 모두를 참여시킬 수 있을지 방법이 보이지 않는다. 하지만 머리를 모아 찾다 보면 숨겨진 보물을 찾아냈을 때의 기쁨이 우리 안에 생긴다. 통합교육은 방법이 없어서 불가능한 것이 아니다. 숨겨진 것을 찾고자 하는 마음이 있다면 어느새 가능한 장면이 된다. 보물을 찾아내는 일, 그 보물을 아이들에게 선물하는 일에 더 많은 이들이 동참할 수 있었으면 좋겠다.

체육대회

중앙에서는 두 학년씩 서로 다른 요일을 정해 체육대회를 연다. 5, 6학년 체육대회에 있는 프로그램 중에는 모둠원이 함께하는 협동 제기차기와 학급 전체가 참여하는 단체 줄넘기 활동이 있다. 특수아동의 경우에는 아동의 현행 수준에 따라 참여 방법은 바뀌기도 한다. 수정된 방법으로도 함께하는 것에 어려움이 있는 경우에는 아이와 부모의 의견을 반영해서 선생님들과 협의 후에 대안을 마련한다. 이렇게 여러 가지를 고려한 특별한 경우가 아니라면 학급 전체가 참여하는 경기에는 최대한 모든 아이들이 참여하는 것이 원칙이다. 체육 선생님, 담임 선생님들은 학급의 모든 친구들이 참여하는 것이 중요함을 아이들에게 설명하고 규칙을 정한다.

체육대회는 승부욕이 불타는 시간이다. 가끔은 학급이 우승하지 못해서 서럽게 우는 친구들도 있다. 그래서 학급 경기에 특수아동이 친구들과 함께 참여하는 모습을 볼 때면 얼마나 심장이 떨리는지 모른다. "학급 경기이기 때문에 꼭 함께해야 한다."라고 담대하게 이야기를 전하지만, 모두가 불평 없이 받아들여 줄 때면 남몰래 가슴을 쓸어내리게 된다.

6학년 률반의 유민이와 찬영이는 단체 줄넘기를 할 줄 아는 아이들이었다. 유민이와 찬영이는 줄넘기에 개별 기록으로 참여하는 것이 아니라 학급 경기에 친구들과 함께 참여하도록 했다. 체육대회를 준비하면서 같은 반 친구들은 유민이와 찬영이가 줄넘기를 더 잘할 수 있도록 연습을 도왔다. 학급에서 꾸준히 연습해 왔지만 아무래도 아이들은 빠르게 돌려지는 줄넘기 안으로 들어가는 데에 다른 친구들보다 시간이 더 필요했다. 경기 당일, 아이들 모두가 최선을 다했지만 6학년 률반의 기록은 학년에서 최저 기록으로 남게 되었다. 그런데 단체 줄넘기 경기 내내 "6학년 률반이 제일 잘했다!"라는 말이 계속 나왔다. 학급 친구들은 단 한 번도 유민이와 찬영이에게 쓴소리를 하거나 불평, 불만을 토로하지 않았다. 아이들은 자신의 차례가 될 때마다 줄넘기 앞에서 망설이는 유민이와 찬영이를 응원하기로 결정한 것 같았다. 아이들은 밝고 신나는 표정으로 줄넘기를 넘었다. 서로를 의지하고 격려하며 모두가 이 시간을 즐기고 있었다. 비록 줄넘기의 개수로는 다른 반에 비해 낮은 기록을 달성했을지라도, 률반이 보여 준 협력은 어떤 반에도 비교할 수 없는 최고의 기록이었다.

사실 대부분의 학급 친구들이 체육대회의 여러 경기에서 특수아동과 함께 참여하면서 그들을 응원한다. 다 같이 "하나~둘!"을 외치며 서로를 응원하고 친구에게 경기 참여 방법을 다정하게 설명해 준다.

경기에서 특수아동이 속해 있는 모둠이 항상 가장 낮은 기록을 만드는 것은 절대 아니다. 5학년의 협동 제기차기 경기가 그러했다. 5학년 참반에서는 윤성이가 속한 모둠에서 5학년 전체 최고 기록이 나왔다. 윤성이는 찬양을 잘하고 춤을 잘 추며 애교가 많았다. 그런 윤성이는 체육을 잘하는 것은 아니었다. 겁도 많고 움직임이 둔하기도 했다. 그런데 모둠 친구들은 윤성이와 함께 손을 잡고 경기에 참여했고 무려 200개가 넘는 개수를 기록으로 세우면서 모두의 박수를 받았다. 아이들은 협력하기로 결정했고 어떻게 하면 함께할 수 있는지를 몸으로 마음으로 터득했던 것이다. 기록에 남은 개수보다도 진정한 협력을 이뤄 낸 아이들의 모습이 훨씬 더 눈부신 날이었다.

졸업여행, 물 위에서도

6학년의 졸업여행으로 2박 3일간 해양캠프를 떠났다. 캠프 기간 동안 아이들은 수상스키, 바나나보트, 요트 타기 등의 활동에 참여했고 물속에서 자유롭게 시간을 보내기도 했다. 물에서 시간을 보내다 보니 안전을 위해 교사들이 아이들을 민감하게 살펴야 했다. 해양캠프에서 아이들을 지도하는 전문 선생님과 안전 요원들이 활동 장소마다 있었다. 선생님들도 각 학급 아이들이 있는 곳에서 함께했다.

물에서 노는 것을 좋아하는 6학년 향반의 동규는 물에서 학급 친구들과 자유 시간을 보냈다. 나는 동규가 있는 곳 가까이의 다리 위에 서서 동규를 지켜보며 아이들 사진을 찍고 있었다. 그런데 물놀이가 지속될수록 점점 동규 옆으로 학급 친구들이 모여들고 있는 것이 보였다. '왜 놀지 않고 동규 옆에 모여 있지? 놀다 보니 가까워졌나?' 생각하며 유심히 지켜보았다. 주변을 둘러봐도 다들 각자 물에서 노느라 바빠서 모여 있는 그룹은 없었다. 그런데 동규 주변에는 학급 친구들 몇몇이 모여 동규를 둘러싸고 있었다. 물속에서 놀고 있었던 동규네 반 친구들은 동규가 혼자 놀다가 혹시라도 멀리 떠내려가거나 위험한 상황이 생길까 봐 걱정이 되었나 보다. 동규를 둘러싼 아이들은 동규의 팔이나 구명조끼를 잡고 있었다. 아이들은 동규를 지키는 보디가드처럼 보였고 동규는 누구보다도 편안하고 즐거운 표정을 하고 물속을 누리고 있었다. 모두들 물에서의 놀이를 즐기고 있는 이 시간에 아이들은 동규를 생각하고 있었다. 물에서 노느라 바빠 친구를 살피기는 쉽지 않은 시간인데. 이럴 땐 아이들이 특수교사인가 싶다.

졸업여행의 꽃, 장기자랑

졸업여행의 둘째 날 저녁에 있는 장기자랑 시간은 졸업여행의 꽃이라고도 볼 수 있다. 이 시간은 발표를 희망하는 아이들의 신청을 받아 이루어졌다. 연극, 춤, 악기 연주, 마술 등 다양한 공연이 펼쳐진다. 장기자랑을 신청한 아이들은 주말이나 방과 후 시간에도 따로 모여서 준비를 한다. 발표를 준비하는 아이들에겐 이 시간에 대한 열정과 기대가 가득하다.

반면 나는 장기자랑 시간에는 마음을 쓸 여유가 없었다. 2박 3일이라는 시간 동안 각 학급에 흩어져 있는 특수아동의 생활과 안전에 온 신경이 곤두서 있었다. 사실 내게 아이들을 데리고 밖에 나간다는 것은 언제나 긴장되는 일이었다. 혹시라도 일어날 수 있는 최악의 사고들까지도 염려하곤 했다. 전담 선생님들께서 특수아동의 일대일 돌봄 교사로 함께해 주심에도 불구하고 염려는 지속되었다. 이런 긴장 속에서 나는 장기자랑 시간에 특수아동이 참여하도록 지원한다는 것은 생각도 하지 못했다. 장기자랑은 학급에서도 마음이 맞는 몇몇 친구들만 모여 준비하는 시간이기 때문에 더욱 그러했다.

그런데 어느 날 은반 아이들이 지원실에 찾아왔다. 아이들은 내게 승후 어머니의 핸드폰 번호를 물어보았다. 승후와 졸업여행 장기자랑을 함께하기로 했는데 승후 어머니께 연락을 드려야 한다는 것이다. 나는 승후 어머니께 미리 말씀 드린 후에 아이들에게 연락처를 주며 말했다.

"너희들이 승후랑 잘할 수 있지? 도움 필요하면 이야기해."

승후와 함께한다니 기대가 되면서도 오로지 안전 또 안전만 생각했던 나는 아이들에게 더 다른 것을 묻지 않았다. 평소 승후와도 잘 지내는 친구들이라서 그저 믿고 맡기기로 했다.

며칠 뒤 승후의 알림장 노트를 확인하는데 특별한 포스트잇이 붙어 있는 것을 발견했다. 포스트잇에는 '흰 와이셔츠를 준비해 주세요. 토요일에 승후네 집에서 연습할 수 있을까요?'라고 적혀 있었다. 승후와 장기자랑을 같이 준비하는 친구들이 승후 어머니에게 전할 메모를 붙여 놓았다. 포스트잇을 보고 나서야 아이들에게 무엇을 준비하고 있느냐고 물었다. 아이들은 방송 개그 프로그램의 한 코너를 바탕으로 장기자랑을 준비하고 있었다.

승후는 사회성이 좋고 친구들과 장난치는 것을 좋아하는 밝고 씩씩한 친구다. 승후는 노래 부르기, 춤추기, 경찰 놀이 등을 좋아한다. 그런 승후는 다운증후군을 가지고 있다. 승후는 자신의 물건을 잘 챙기긴 했지만 가끔은 가져와야 하는 것을 놓치는 경우도 있었다. 승후와 평소에도 친하게 지냈던 친구들은 이런 승후에 대해 잘 알고 있었다. 아이들은 승후도 장기자랑 준비를 잘할 수 있도록 승후 어머니와 지속적으로 연락을 하고 있었다. 붙여진 포스트잇에 승후를 깊이 이해하고 배려하는 아이들의 마음이 전해졌다.

졸업여행의 둘째 날 저녁. 장기자랑 시간의 막이 열렸고 승후와 친구들은 재밌고 재치 있는 공연을 보여 주었다. 짧은 상황극으로 진행된 이 공연은 즐거움과 유쾌함이 담긴 완성도 있는 공연이었다. 특별히 승후를 잘 아는 사람들은 이 공연에 아이들의 깊이 있는 사랑이 담겨 있다는 것을 알 수 있었다. 공연에는 승후가 평소 보여주는 행동과 좋아하는 놀이가 반영된 장면들이 담겨 있었다. 승후는 배트맨, 슈퍼맨과 같은 캐릭터와 '충성!'을 외치는 경찰 놀이를 좋아했다. 집에서도 보자기를 등에 걸치고 이런 놀이를 즐겨 하곤 했다. 교실에서도 승후는 열심히 해 보겠다는 의지를 전할 때면 '충성!' 하고 외치는 모습을 종종 보여 줬다. 친구들은 이런 승후를 깊이 이해하고 사랑하고 있었다. 승후가 가장 잘할 수 있고 좋아하는 것을 적절히 반영해 공연을 만들어 냈다.

공연을 보는 이들은 물론이고 승후와 공연을 함께한 은반의 세 친구들도 얼굴에서 즐거움이 떠나질 않았다. 보자기를 걸치고 충성을 외치던 승후는 그 누구보다 행복한 표정이었다. 이 모든 것은 순순히 아이들의 마음에서 우러나온 이야기의 결과물이었다. 모든 장기자랑을 마치고 이 팀은 장기자랑 시상에서 상을 받았다. 아이들에게 이보다 더 큰 상이 하늘에 예비 되어 있을 것 같았다. 어쩌면 그 상을 아이들은 이미 누리고 있는지도 모르겠다.

네! 공주님!

6학년 행반 전체가 체육관에서 자유롭게 놀고 있었다. 갑자기 체육관에서 두 명이 손을 잡고 나오더니 교실로 간다. 윤성이랑 승연이다.

복도에서 만난 아이들에게 내가 물었다.
"어디 가는 거야?"
"윤성이가 공놀이 하고 싶은 것 같아서 교실에 공 가지러 가요~"
승연이가 말했다.
윤성이는 신이 났다.
서로 춤을 추듯 몸을 흔들며 손을 잡고 교실로 간다.
"윤성이는 좋겠다! 승연아 고마워! 재밌게 놀아~"
내가 말했다.
신이 난 윤성이가 대답한다.
"네! 공주님!"

공주님이라고 부르는 건 윤성이가 정말 기분이 좋고 신날 때 나에게 해 주는 표현이다. 신나게 걸어가는 그 걸음이, 두 아이들의 뒷모습이 종일 생각난다.

아이들이 잡은 두 손이 참 예쁘다.

친구의 필요를 발견해 주는 눈이
자신이 하고 싶은 것을 기꺼이 내려놓는 마음이
친구가 원하는 것을 함께 하기 위해 내딛는 발걸음이

참으로 좋다.

〈함께 걸어가는 윤성이와 승연이의 뒷모습〉

사랑이를 기다렸어요

사랑이를 하려고 기다리는 친구들이 있다.

"선생님, 제 차례가 빨리 왔으면 좋겠어요."

"남자들 순서가 빨리 끝나야 제 차례가 와요."

의무감이 아닌, 사랑이 역할에 대한 기쁨과 설렘이 내게도 전해진다.

사실 학교에서 행사가 있는 날이면 사랑이 역할은 아이들에게 숙제로 남겨지는 경우가 많다. 아이들 모두가 신이 난 체육대회 날에는 말할 것도 없다. 이날 아이들은 쉬는 시간에도 운동장이나 체육관을 돌아다니거나 교실에서 각자 간식을 먹느라 바쁘다. 그러다 보니 중간놀이 시간에 놀이를 함께하려고 지원실에 놀러 오는 친구들은 드물었다. 그런데 어느 체육대회 날의 중간놀이 시간에 은반의 윤태와 다영이가 함께 지원실에 왔다. 지원실에 온 다른 이유가 있는가 싶어 내가 물었다.

"다영아, 왜 왔어?"

"제가 오늘 사랑이에요."

다영이는 윤태와 놀이를 함께하러 온 것이었다.

"세상에! 다영아 정말로 고마워, 윤태는 좋겠다. 다영이가 있어서."

이렇게 대화를 나누고 지나갔던 이날의 이야기가 며칠 후 다영이가 내게 전해 준 편지에 담겨 있었다.

'선생님, 제가 기다리던 사랑이여서 열심히 섬겼더니, 칭찬해 주셔서 정말 감사드려요.'

다영이는 평소에도 친구들과 진정한 우정을 쌓아 가는 친구이기에 편지에 담긴 '기다리던 사랑이'라는 표현이 내게 오래도록 머물렀다. 그 문구에 담긴 다영이의 마음에 나를 비춰 보니 부끄러움이 밀려왔다. 스스로에게 물어볼 수밖에 없었다.

나는 누군가의 '사랑이'가 되기를 기다리고 있는가.

친구

은서는 자기표현이 확실하고 글을 잘 쓴다. 기억력이 좋고 언어 표현 능력이 매우 뛰어나다. 특별히 친구들과 노는 것을 정말 좋아하고 친구에 대한 호불호가 명확하다. 가끔은 떼를 쓰기도 하고 감정 기복이 있어 눈물도 자주 보인다. 그런 은서는 다운증후군을 가지고 있다.

은서와 친한 친구는 같은 반의 소희와 은반의 다영이다. 서로 함께 있는 것을 볼 때면 아이들이 서로를 편하게 생각하는 것이 느껴졌다. 다영이는 은서와 같은 반이 아닌데도 쉬는 시간에 은서와 시간을 보내는 날이 많았다. 은서도 자주 은반 교실에 가서 다영이를 찾았다. 은서는 모두에게 그렇듯 소희와 다영이에게 있는 그대로의 자신을 보여 준다. 자신의 것을 뭐든지 잘 나누는 은서는 다영이에게 먹을 것을 나눠 주거나 참방(참새방앗간, 학교의 분식집)에서 간식을 사 주기도 했다. 간식이나 용돈이 없을 때는 다영이에게 먹을 것을 사 달라고 떼를 써 참방에 같이 가는 경우도 종종 있었다. 은서, 다영이, 소희를 볼 때면 아이들이 서로를 좋아하고 아끼는 것을 느낄 수 있었지만 그 우정의 깊이가 어느 정도인지는 사실 나도 잘 몰랐다.

하루는 은서 어머니가 내게 아이들 소식을 전해 줬다. 소희가 이민을 가게 되어 다영이, 은서, 소희 이렇게 셋이 스냅 사진을 찍었다고 했다. 셋이 이별을 앞두고 사진을 함께 찍었다니 그 정도로 깊이 있는 우정이었구나 싶은 마음에 마음이 짠했다. 은서 어머니 핸드폰으로 찍은 사진 몇 장을 볼 수 있었는데 삼총사가 되어 환하게 웃고 있는 아이들의 모습이 정말 예뻤다. 여느 5학년 여자 친구들이 만들어 가는 우정이 그들 안에 있었다. 나는 그 우정의 깊이를 다영이가 학기를 마치며 내게 쓴 편지를 보고 가늠할 수 있었다. 다영이가 전해 준 편지는 셋이 찍은 스냅 사진으로 만들어진 엽서에 쓰여 있었다. 내용 중의 일부는 이러했다.

"선생님! 은서와 우정을 쌓아 갈 수 있도록 해 주셔서 감사해요. 사실 선생님 앞에서는 잘 보이려고 그러지 않지만 저 은서랑 많이 싸워요. 혼내기도 할 것이고 울리기도 하고 물론 마지막은 모두의 사과로 끝나지만요. 은서에게 돈 달라고 졸라서 억지로 참방도 많이 같이 갔죠. 그렇지만 저희는 서로를 사랑하는 것 같아요. 은서랑 싸우고 노는 것이 편하고, 좋고, 감동적이고, 행복하고 같이 있으면 웃기고 가끔은 대놓고 짜증난다고 표현하기도 했어요. 선생님, 이런 저의 문제들도 같이 논의해 주시니 감사드려요."

편지를 정말 여러 번 읽었다. 다영이가 내게 이야기하고 있는 것이 바로 우정이었다. 초등 5학년 친구들 사이에서 세워질 수 있는 지극히 평범하면서도 특별한 그 우정이 그들 사이에 존재했다.

수업에서 발견한 보석
협력교수

협력교수

중앙에서는 협력교수 수업이 매주 각 학급에서 1시간씩 이루어진다. 협력교수는 두 명 혹은 그 이상의 교사가 함께 학생을 가르치는 교수법이다. 최근에 특수교육에서 논의되는 협력교수는 통합교육의 맥락에서 주로 일반교사와 특수교사가 한 팀이 되어 일반학급에서 함께 수업을 인도하는 것을 의미하는 경우가 많다. 협력교수의 유형은 평행 교수, 스테이션 교수, 한 명은 교사 - 한 명은 보조자, 대안 교수, 팀티칭 등으로 구분된다.[5]

중앙에서는 이 중에서 몇 가지 유형을 상황에 따라 바꾸어 사용했다. 주로 학년 특수교사가 수업 계획 및 운영에 대한 책임을 맡아 주도적으로 운영했다. 개인적으로는 선생님들과 의견을 나누어 계획한 수업도 있었고 특수교사가 수업을 계획하고 담임교사와 특수교

5 국립특수교육원, 『특수교육학 용어사전』, 하우, 2018, 533.

사가 수업을 분담하여 진행하기도 했다. 특수교사가 수업을 진행하면 담임교사는 주로 특수아동의 참여를 돕는 역할을 맡았다.

협력교수로 운영하는 교과의 종류는 학년에 따라 차이가 있었다. 주로 5, 6학년 협력교수 수업에서는 교과목의 내용보다는 공동체를 세우는 것을 교육 목표로 정해 운영했다. 장애 아동과 비장애 아동이 교실에서 함께 생활하는 데에 필요한 가치들을 세우는 것에 초점을 뒀다. 아이들이 서로를 이해하기 위해 가져야 하는 태도를 다루며 관계를 세워 갔다. 자신을 바라보는 관점과 타인을 바라보는 관점, 다름에 대한 이해, 장애 이해 교육 등으로 구성했다. 일주일에 한 시간이라는 짧은 시간이지만 통합교육에서 협력교수 시간은 매우 중요한 시간이다. 아이들은 물론이고 담임교사와 특수교사에게도 새로운 것을 볼 수 있는 시간이 펼쳐진다.

협력교수 시간에 통합학급에서 수업을 하다 보면 이전에는 보이지 않았던 것들이 새롭게 보이는 때가 참 많다. 특수아동의 필요뿐만이 아니다. 아이와 함께하는 친구들의 필요, 아이가 참여하는 수업의 필요, 환경의 필요까지 포함된다. 거기에 통합학급을 이끌어 가는 담임 선생님의 필요까지 볼 수 있게 된다. 특수학급에서 아이들의 개별 수업, 소그룹 수업만 해서는 절대 볼 수 없었을 것들이다. 이는 교실에서의 수업 지원으로 아이 옆에 있으면서 보게 되는 것과는 완전히 다르다.

함께 협력하는 담임 선생님은 무엇을 보게 될까? 특수아동 옆에서 아이의 활동 참여를 개별적으로 지도하다 보면 아이를 다시 만나게 된다. 수업이 끝나면 담임 선생님이 아이에 대해 새롭게 알게 된 것을 내게 전해 주시곤 했다. 때로는 협력교수 시간에 담임 선생님이 특수아동과 둘만의 시간을 짧게 가짐으로써 아이와 친밀감을 형성하는 것도 볼 수 있었다.

무엇보다 협력교수는 담임교사와 특수교사의 협력을 돕는 중요한 역할을 한다. 서로의 입장이 되어 본다는 것은 서로를 이해하는 데에 걸리는 시간을 훨씬 더 단축해 준다. 교실에서 수업을 해 보지 않았다면 스물여덟 명의 아이들 사이에서 한 명 혹은 두 명의 특수아동을 통합시키고 교육해 간다는 것이 어떤 것인지 나는 전혀 알 수 없었을 것이다. 상대방의 신발을 신어 보고 나서야 상대의 필요와 상대의 어려움을 더 깊이 발견하게 된다. 이는 협력이라는 무거운 과제를 조금 더 가볍게 만들어 준다. 이렇게 세워진 교사들 간의 협력은 자연스럽게 아이들 안으로 흘러가게 된다.

왜 굳이 협력교수로 수업을 해요?

협력교수 수업의 첫 시간에 아이들에게 물어본다.

"다른 과목은 전부 선생님 한 분이 수업을 해 주시는데, 협력교수 시간에는 왜 두 명의 선생님이 수업을 같이 하실까?"

아이들은 저학년 때부터 있었던 익숙한 장면이지만 이유는 잘 모르겠는지 선뜻 대답하지 않는다.

아이들에게 전하는 협력교수의 이유는 다음과 같다.

"협력한다는 것은 쉽지 않지. 때로는 참아야 하고, 기다려야 하고, 내 것을 내려놓아야 할 때가 많아. 아마 너희들도 서로 다른 친구와 함께 생활하면서 힘들고 속상할 때가 있을 거야. 그럴 때마다 선생님들의 모습을 떠올려 보렴. 담임 선생님도 이렇게 협력하고 계시는구나 하고 생각하며 힘을 얻고 위로를 받았으면 좋겠어. 선생님들은 매주 학년 회의도 하고 만날 때마다 너희들에게 가장 좋은 것이 무엇일지 상의하고 있어. 너희들을 지도하는 것을 위해 언제나 협력하는 것이란다. 너희들이 이 모습을 언제 볼 수 있을까? 바로 협력교수 시간이야."

아이들은 어른들의 행동을 보고 배운다. 마치 거울을 보여 주듯 어른들의 행동을 모방한다. 때문에 학창 시절 아이들에게 영향력 있는 사람들 중의 한 사람인 담임 선생님의 협력은 어느새 아이들의 협력으로 자연스럽게 이어진다.

특수교사와 담임교사의 입장은 서로 다를 수밖에 없다. 특수교사로서 가장 많이 느꼈던 주된 차이는 특수교사의 시선은 '지극히' 개별화되어 있다는 것이었다. 여기서 차이는 '개별화'에 있다고 보지 않고 '지극히'에 있다고 말하고 싶다. 어떤 한 측면이 부족하다는 이야기를 하려는 것이 아님을 분명히 하고 싶다. 특수교사에게 있어서 스물여덟 명의 통합학급 학생 중에서 첫 번째 우선순위는 특수아동에 있게 된다. 학급 전체 상황과 공동체를 고려하기도 하지만 가장 주된 시선은 곧 아동 개인에 대한 개별화된 시각이다. 반면 학급을 운영하는 담임 선생님은 아동 개개인의 상황과 개별화된 목표를 고려하기도 하지만 때로 학급 친구들, 학급의 상황 등을 전체적으로 바라볼 수밖에 없기도 하다. 이렇게 같으면서도 다른 서로의 시선을 합치면 우리는 교실에서 가장 좋은 것을 찾을 수 있게 된다. 협력을 위한 협력, 나는 이것이 바로 통합교육이 가지고 있는 보물 중에 하나라고 주저함 없이 말할 수 있다.

처음 만나는 그날

매주 한 학급에 한 시간, 협력교수(이하 협교)라는 시간으로 통합학급에서 특수교사가 아이들을 만난다. 내가 담당하는 여덟 명의 특수아동 말고도, 백사십여 명의 아이들이 모두 우리 아이들이라는 생각이 분명해지는 시간이다. 내게는 협교 수업 시간이 소망의 두근거림으로 가득하다. 만나는 아이들이 지금 이 자리에서, 먼 훗날 심겨진 곳에서 장애인을 잊지 않고 살아갈 그 삶들이 기대되고 떨린다.

통합학급에서 수업하는 협교 수업의 첫날. 아이들에게 수업의 주제와 방향을 안내하며 내 소개를 한다. 나를 소개하며 아이들에게 물었다.

"선생님은 피아노랑 꽃을 좋아해. 볼링이나 수영 같은 운동도 좋아하고. 또 새우랑 떡볶이를 좋아해서 자주 먹고 싶어 해. 그런데 이런 모든 것보다도 가장 좋아하는 것이 따로 있었어. 무엇일까?"

"남자친구!" "남편!" "예수님!"

아이들의 재치 있는 대답이 이어진다.

"생각해 보니 너희들이 대답한 것도 다 해당하지만 내가 이야기하고 싶은 것은 바로 너희들이야. 아이들, 어린이들이 좋아서 나의 직업으로 꽃집 사장님도 운동선수도 선택하지 않고 선생님을 선택했어. 장애가 있든 없든 나는 너희들이 좋아서 이 자리에 있단다. 나는 너희 모두의 선생님이라는 걸 잊지 말아 줘."

아이들 앞이지만 사랑을 고백하는 것은 떨리는 일이었다. 두근거리는 마음을 뒤로하고 분명하게 아이들에게 전했다.

"그러니 혹시라도 지원이랑 지내면서 도움이 필요하면 언제든지 선생님을 찾아와도 좋아. 특정 행동이 이해가 되지 않아 어렵거나, 생활하면서 불편한 일이 있었다면 편하게 이야기해 줘. 지원이와 있었던 기분 좋은 이야기들도 언제든 나눠줘. 선생님이 들어주고, 이해해 주고, 함께할게. 나는 지원이뿐만이 아니라 너희 모두를 도와주려고 이 자리에 있는 거란다."

이야기가 끝나면 아이들 눈빛이 이전과 다르게 느껴진다. 지원이네 선생님이라고 생각했는데 자신의 선생님이 되고 싶다고 문을 두드리는 나에게 슬쩍 문을 열어 준다. 때로 아이들은 한 학기 내내 '협교 선생님' '지원실 선생님'이라고 나를 인식하기도 하지만 나는 항상 아이들에게 이렇게 말한다. 나는 여덟 명의 선생님이 아니라 여러분 모두의 선생님이라고. 장애 아동의 삶이 특수교사와의 삶이 아니라, 이 교실 안에서의 삶인 것처럼. 나도, 내 자리도 그러했다. 아이들의 삶으로 더 깊숙이 들어가게 되는 이 수업의 시작이 참 좋다.

우리가 만들어 갈 이야기

협교 수업을 시작하며 이 수업이 나아가고자 하는 방향을 아이들에게 나눈다. 5, 6학년에서는 주로 '한 몸 세우기' 또는 '태도 개선 수업'이라는 이름으로 수업이 구성되었는데 개인적으로 나는 '한 몸 세우기'라는 주제로 수업을 세워 갔다. 주제가 된 말씀은 '우리가 한 몸에 많은 지체를 가졌으나 모든 지체가 같은 기능을 가진 것이 아니니 이와 같이 우리 많은 사람이 그리스도 안에서 한 몸이 되어 서로 지체가 되었느니라.' 로마서 12장 4절에서 5절 말씀이었다.

수업의 시작을 열며 아이들에게 물어보았다.

"한 몸, 한 지체, 그것이 무엇일까?"

학급이 하나가 된다는 것, 한 지체가 된다는 것은 무엇일지 자유롭게 토론하며 이야기를 나눴다. 아이들 안에는 각자가 꿈꾸는 하나 된 공동체의 모습이 분명하게 있었다. 교사가 제시해 주지 않아도 어떤 모습과 모양인지 아이들 스스로 충분히 그려 낼 수 있었다. 이야기를 나눈 후에 각 모둠에서 하나의 정의를 내려 '한 몸 사전'을 만들었다. 아이들은 반이 한 몸이 된다는 것을 이렇게 표현했다.

'낙오자 없이' '모두'를 이끌어 가는 것.
먼저 손 내밀어 주는 것.
각기 다른 꽃들이 한 송이씩 모여 아름다운 꽃다발이 되는 것.
하나님의 울타리 안에서 서로 하나 되는 것.

아이들이 만든 사전을 교실에 전시하며 소망을 품었다.
아이들이 세운 정의가 학급이 나아갈 방향성이 되어 주기를.
우리가 만들어 갈 이야기의 시작과 나중이 되기를.

6학년 학생들이 만든 한 몸 사전

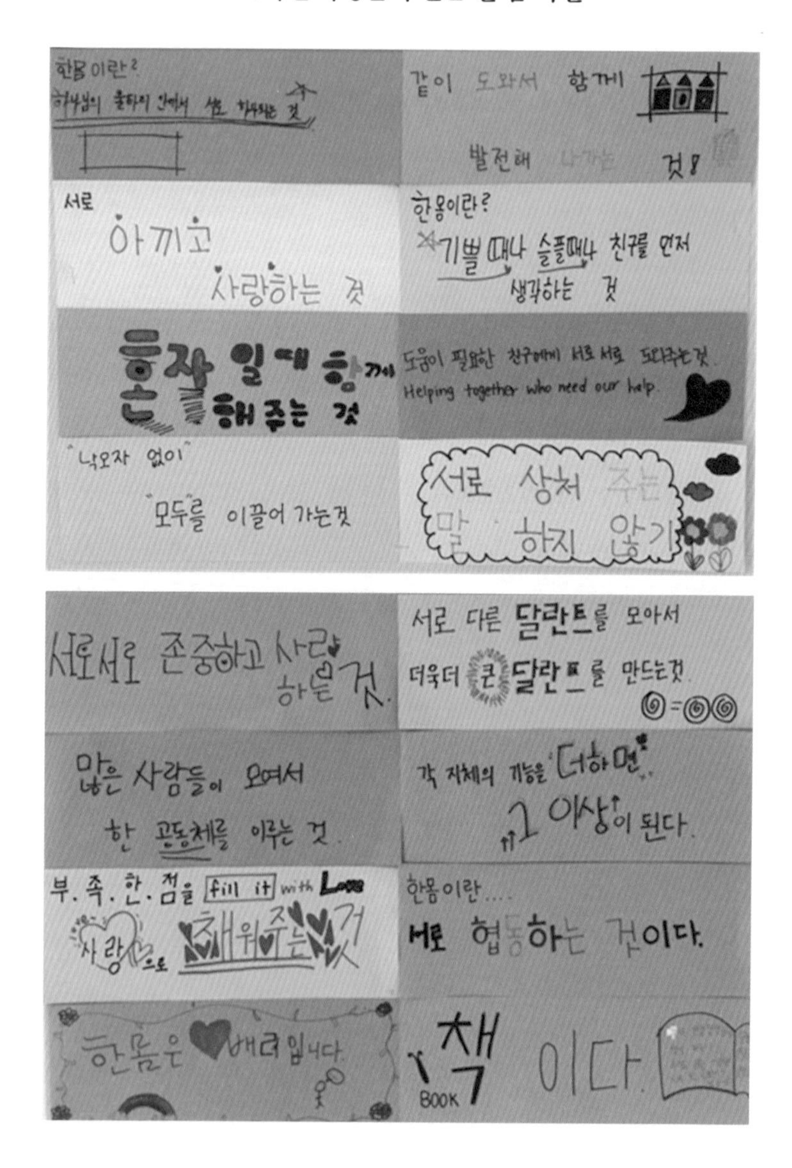

매력 포인트를 찾아라!

"얘들아, 이제 새로운 안경을 써 보는 거야. 자! 다 같이 안경을 쓰는 행동을 해 보자."

안경을 쓰는 흉내를 내거나 렌즈가 하트 모양으로 된 안경을 직접 보여 주며 아이들에게 말했다.

"이 안경은 사물이나 사람의 좋은 점, 매력적인 부분만 보이는 안경이야. 어때, 다 썼니?"

"네!"

아이들도 안경을 쓰는 흉내를 내며 대답한다.

"이 연필을 한번 볼까? 이 연필의 좋은 점이 무엇일까? 새 안경을 썼으니 보이는 것을 말해 보자. 선생님이 보기엔 이 연필의 노란 색깔이 눈에도 잘 띄고 예쁜 것 같아! 표면도 매끄러워서 손으로 잡아도 아프지 않아. 너희도 안경을 썼으니 한번 찾아볼래? 누가 해 볼까?"

아이들이 저마다 손을 들고 좋은 점을 찾아낸다.

"연필심 색깔이 어두운 색이라 글씨를 쓰면 잘 보여요."

"뒤에 지우개가 달려서 사용하기 편해요."

"너무 두껍지도 너무 얇지도 않은 적당한 두께로 되었어요."

"나무가 부드러워서 연필을 깎기 쉬워요."

"지우개가 있는 부분에 검은색 받침이 되어 있어서 더 보기 좋아요."

"지우개가 부드러워요."

"육각형 모양으로 되어 있어서 손가락으로 잡기에 좋은 것 같아요."

"연필의 끝부분에 연필심의 진하기를 표시해 놓아서 편해요."

아이들은 시간을 주면 줄수록 마법의 안경이라도 쓴 듯 끊임없이 좋은 점을 찾아낸다.

연필로 연습을 한 뒤에는 교실에 있는 사물 하나를 선택해서 시작한다. 이번엔 교실에 있는 우유를 들었다.

"영양소의 비중이 표면에 표시되어 있어요!"

"포장된 상자가 흰색이라서 더 깨끗하게 느껴지고 위생적으로 만든 우유인 것 같아요."

"어느 방향으로 뜯어야 하는지 친절하게 알려 줘요."

"어디에서 인증을 받았는지도 표시되어 있어요."

"크기가 아담하고 귀여워요."

아이들이 찾아내는 좋은 점이 끝없이 이어진다. 아마 시간에 제한이 없으면 끝나지 않을 것 같았다.

연습을 마치고 이제 실전에 들어간다. 반 친구들의 매력 포인트를 찾아보는 것이다. 혹은 학급의 좋은 점을 찾아보기도 한다. 이 시간은 아이들이 긍정적인 것에 초점을 두도록 만들어 준다. 마지막에는 학급 친구 중에서도 특수아동의 매력 포인트를 찾아보기로 한다. 모둠별로 상의하여 친구의 장점을 찾아 활동지에 적는 것이다. 제한 시간 동안 최대한 많은 장점을 찾아야 한다. 아이들에게 친구의 겉모습만이 아니라 성품과 태도에 관한 것도 생각해 보자고 제안한다. 아이들은 언제 저렇게 친구를 관찰했었나 싶을 정도로 생각지도 못했던 다양한 것들을 꺼낸다. 제한 시간이 끝나면 서로 중복되지 않는 것으로 돌아가며 발표를 했다.

'다른 친구를 미워하지 않는다.' '이야기를 잘 만들어 낸다.' '기억력이 좋다.' '흥이 많다.' '보조개가 매력적이다.' '친구들에게 인기가 좋다.' '할 일을 다 하려고 노력한다.' '잘 웃는다.' '흉내를 잘 낸다.' '듬직하다.' '포근하다.'

끝없이 이어지는 장점 속에서 특수아동은 더 이상 장애가 있는 친구가 아니다. 오히려 반에서 가장 매력적인 친구가 된다. 아이들은 무엇을 보려고 하느냐에 따라 볼 수 있는 것이 바뀌는 것을 경험한다. 상대의 좋은 점을 찾고자 하면 끝없이 발견할 수 있다는 것을 배운다. 서로 안에 숨겨진 보물을 찾아내는 이 시선이 교실 안에서 계속 펼쳐질 수 있기를 바란다.

♥ 의 매력 포인트를 찾아라!♥

1. 노래를 잘한다.
2. 기억력이 좋다.
3. 키다 크다.
4. 깔끔하다.
5. 친구가 하는 말에 공감을 잘한다.
6. 잘 웃는다.
7. 자신이 싫어도 다 받아준다.
8. 글씨를 잘쓴다.
9. 양보해준다.
10. 호기심이 많다.
11. 귀엽다
12. 축구를 잘 한다
13. 눈이 동그랗다
14. 너무 착하다
15. 친구에게 나눠준다
16. 선생님 말씀을 잘듣는다
17. 친구를 재밌게 해준다
18. 농구를 잘한다
19. 이름을 부르면 웃으면서 대답해준다
20. 잘생겼다.

<5학년 참반의 학생들이 찾은 현우의 매력 포인트>

♥ 이의 매력 포인트를 찾아라!♥

1. 창의적이다.
2. 귀엽다.
3. 이야기를 잘 지은다.
4. 멋있다
5. 그림을 잘 그린다.
6. 언제나 해맑다.
7. 친구들의 이름을 잘 외운다.
8. 웃기다.
9. _이와 즐겁게 게임을 할수있다.
10. 머리카락이 부드럽다.
11. 평화가 찾아온다.
12. 달리기가 빠르다.
13. 운동을 잘한다. (:)
14. 포근하다.
15. 듬직하다.
16. 기억력이 좋다.
17. 말놀음을 잘 외운다.
18. 노래를 잘 부른다
19. 위로해준다.
20. 연기를 잘한다.

<5학년 향반 학생들이 찾은 동준이의 매력 포인트>

♥ 매력 포인트를 찾아라!♥

1. 잘 웃는다 / 15. 태권도를 잘한다
2. 친절하다 / 16 흉내를 잘 낸다
3. 눈이 초롱초롱하다
4. 인사를 잘한다.
5. 말을 잘 건다
6. 힘이 세다
7. 할 일을 다 할려고 노력하다
8. 보조개가 매력적이다 .
9. 춤을 잘 춘다
10. 유머가 있다
11. 리코더를 잘 분다
12. 흥이 많다.
13. 축구를 잘한다. (공을 잘 찬다)
14. 친구들과 잘 어울린다.

〈5학년 참반 학생들이 찾은 윤성이의 매력 포인트〉

내 친구의 이야기

"선생님, 성훈이는 집에서 뭐하고 지내요?"

평소 성훈이를 좋아해 주는 성훈이의 같은 반 친구가 내게 물었다. 학급 친구들이 특수아동의 일상생활에 대해 궁금한 것이 있을 수 있겠다는 것을 그때 알았다. 그 이후로 학년이 시작되는 학기 초에는 협교 수업 시간을 통해 특수아동에 대한 정보를 나누는 시간을 꼭 가진다.

학급 친구들에게 전해 주는 정보는 아이가 가지고 있는 장애 유형이나 장애로 인한 특성이 아니다. 서로가 관계를 맺고 친구가 되어 갈 때면 자연스럽게 알게 되는 상대방에 대한 정보이다. 가족 관계는 어떻게 되는지, 가족들과는 어떤 사이인지, 어떤 음식이나 어떤 활동을 좋아하고, 무엇을 싫어하거나 힘들어하는지 등의 이야기들을 주로 다룬다. 아이가 방과 후에 배우고 있는 것, 집에서 주로 하는 활동이나 취미, 점심시간에 하고 싶은 활동 등도 소개했다.

수업은 모둠별로 협동하여 퀴즈를 맞히는 형식으로 진행하고 문제마다 문제 속 주인공인 특수아동이 정답을 공개했다. 가족을 소개하면서 아이의 어린 시절 사진도 보여 주었다. 사랑스럽고 귀여운 모습이 고스란히 담겨 있는 친구의 어린 시절 사진을 보면서 친구들은 "우와! 귀여워!" "엄청 예쁘다!"라고 말한다. 장애의 유무와 상관없이 누구에게나 소중한 가족이 있다는 것, 그 가족들에게 둘도 없이 귀한 존재로 사랑받으며 살아왔다는 것을 아이들이 깨달아 간다.

아이들에 대한 소개를 전하면서 함께 지내기 위해 꼭 알고 있어야 하는 내용도 나누었다. 미리 알고 있으면 도움이 될 만한 아이의 행동이나 특성에 관한 내용이었다. 특별히 아이의 부모나 가족들이 학급 친구들에게 전하고 싶은 이야기도 같이 전했다.

아이들은 열심히 퀴즈를 풀면서 친구의 이야기를 알아 간다. 아는 것이 많아진 만큼 친구와의 거리도 가까워진다. 다를 것만 같았지만 특별히 다를 것 없는 또래 친구의 이야기이다. 누구나 그렇듯 내 친구도 가족들에게 한없는 사랑을 받고 있는 소중한 존재라는 것도 느끼게 된다. 어쩌면 가장 일반적이고 평범한 이 사실을, 모두가 알아야 할 이 이야기를 아이들이 가장 먼저 배우고 있다.

아이들에게 알려 주기

교실에서 장애 아동과 비장애 아동이 함께 살아가는 것을 위해서는 아이들에게 가장 먼저 가르쳐야 하는 것이 있었다. 그것은 장애에 대한 지식이 아니었다. 어쩌면 모든 사람들에게 '당연한 것'으로 여겨지는 행동이었다. 사람이라면 누구나 가지고 있는 것, 누구나 느낄 수 있는 것에 대한 이야기를 나누어야 했다. 장애 아동도 감정이 있다는 것, 표정이나 눈빛, 말투 하나하나에서 감정을 전달 받을 수 있다는 것을 알려 주어야 했다. 나는 아이들에게 특수아동도 사람들이 느끼는 감정을 고스란히, 혹은 더 세밀하게 느낄 수 있다는 것을 가르쳤다. 내가 재미있는 활동에 참여하고 싶다면, 내 친구도 마찬가지라는 것을. 내가 무시당하는 기분이 들어 자존심이 상하고 속상하다면 내 친구도 동일하다는 것을. 사실 사람이라면 당연한 것으로 여겨지는 아주 기본적인 것에 대한 이야기이다. 너무나 당연해 보이는 것을 아이들이 생활 속에서 잊지 않도록 역지사지의 실천을 강조하는 것도 필요했다.

아이들은 종종 아무 생각 없이, 그저 장난이라고 여기고 행동을 할 때가 있었다. 다 같이 웃고 떠드는 재미에 가려 상대방의 기분이 어떠할지, 내가 친구의 입장이라면 어떤 기분일지는 놓치곤 했다. 때로는 사람이기 때문에 느낄 수 있는 기본적인 감정과 느낌이 장애라는 이름 아래 모두 가려져 있을 것이라는 생각을 가지고 있는 학생도 있었다. 예상치 못한 아이들의 행동과 반응들 앞에서 몇 번을 끙끙 앓고 나서야 누구나 알고 있을 것이라고 생각되는 당연한 것을 가르쳐야 함을 깨달았다. 어디까지가 장난이 될 수 있고 장난이 아닌 괴롭힘이 될 수 있는지 정확한 기준을 세워야 했다. 무엇이 상대에게 상처가 되는 행동일지, 어떤 행동을 조심해야 하는지, 그렇다면 대안적으로 어떻게 행동해야 할지를 자세하게 가르쳤다.

잘못된 행동이라고 정확히 기준을 세워 놓는 행동에는 이런 것들이 있었다.

(1) 괴롭힘, 놀림, 폭력, 비난, 활동에서 배제, 욕, 뒷담, 아동을 무시하는 어투와 표정, 눈빛 등

(2) 이상한 말(특정 소리, 욕, 타인을 비난하는 말 등)과 행동을 따라 하도록 시키는 행동

예) 길동아 재 못생겼다고 말해, 재 때려 봐, 재 짜증난다고 말해, 특정 소리를 가르쳐 주며 이 소리 반복해서 해 봐 등의 말과 지시, 특정 손동

작이나 춤, 행동 등을 따라 하도록 강제로 시키는 것

(3) 과도한 신체 접촉, 스킨십

(4) 자신의 입장이라면 불쾌하다고 느껴질 만한 모든 행동

사실 하나씩 들여다보면 속상해지는 행동들이다. 하지만 사소한 행동 하나라도 정확히 가르쳐 주는 것이 장애 아동과 비장애 아동 모두를 보호할 수 있는 시작이 되었다. 당연한 것에 대한 가르침과 배움은 내 마음을 보호하기도 했다. 아이들에게 상처로 남을 것만 같은 일들이 이미 벌어졌을 때면 예측과 예방을 하지 못했다는 죄책감이 나를 괴롭게 했다. 내 힘으로는 아이들을 지킬 수 없음에도, 아이들이 학교에 있는 시간만큼은 내가 할 수 있는 모든 것을 동원해 지켜 주고 싶은 이 마음이 그 뿌리였다. 결국 당연한 것에 대한 이야기 끝에 아이들에게 전하게 되는 것은 이것이다.

"선생님이 수아를 정말로 좋아해. 수아가 속상하고 마음이 상하게 된다면 선생님도 참 많이 속상할 것 같아. 너희들이 하는 작고 사소한 행동에서 가장 중요한 것은 행동의 옳고 그름이 아니야. 그 행동에 담겨 있는 마음이란다. 수아를 좋아하고 아끼는 마음에서 비롯된 행동인지, 아니면 그 반대의 마음이 담긴 행동인지 말이야. 그 마음의 중심에 무엇이 담겨 있는지를 행동을 하는 사람도, 행동을 보고 겪는 사람도 전부 느낄 수 있다는 것을 잊지 말아 줘."

진심은 언제나 전해진다. 아이들은 정확한 기준과 함께 전해지는 교사의 마음을 읽을 수 있다. 여기에 더 많은 사람들의 마음이 더해지면 교실은 서로를 보호하는 안전한 공동체에 한 걸음 더 가까이 가게 되는 것을 볼 수 있다.

사랑이, 아름다운 그대의 이름

교실에서 자연스럽게 일어났으면 하고 바라는 많은 기대 뒤에는 사실 세밀한 장치들이 존재한다. 특수아동의 또래 관계, 수업 참여, 발표, 모둠 활동에서의 협력 등을 위한 다양한 지원이 구조화되어 있다. 그중에서도 고학년 통합학급에서 내가 가장 민감하게 살펴보는 것은 바로 친구 관계이다.

장애 아동과 비장애 아동이 진정한 친구가 되어 시간을 함께 보낸다는 것은 중앙에서는 사실 자연스럽게 볼 수 있는 장면이기도 하다. 하지만 때로는 이를 위해서도 장치가 필요했다. 아이들의 성향에 따라 또래 관계에 특별한 지원이 필요한 친구들도 있었다. 이를 위해 교실마다 존재하는 역할은 놀이친구이다. 학기가 시작되는 3월, 학급이 세워지는 중요한 시기에, 놀이친구도 함께 세워 간다. 놀이친구는 장애 아동이 중간놀이(중앙의 일과 시간 중에 있는 20분간의 놀이 시간), 쉬는 시간, 점심시간에 혼자 외로이 시간을 보내지 않도록 비장애 아동이 함께하며 돕는 역할을 의미한다. 놀이친구는 하루 한 명이 되기도 했고 때론 두 명에서 세 명이 되기도 했다. 놀이친구 역할은 특수아동과 학급 아이들의 특성을 반영해 학급마다 규칙이 조금씩 달랐다. 담임교사, 특수교사, 특수아동의 부모, 학급 친구들의 의견이 모두 반영되었다.

장애 여부와 상관없이 친구 관계에 민감해지는 시기인 고학년으로 올라갈수록 관계는 더 많은 지원이 필요한 영역이 되었다. 5학년, 6학년에서만 근무했던 나는 5학년과 6학년 사이의 엄청난 온도 차이에 깜짝 놀랄 때가 많았다. 온도 차는 아이들의 신체적, 정서적, 관계적인 모든 면에서 느낄 수 있었다. 장애 아동과 비장애 아동과의 관계에서도 온도 차이는 점점 더 극명해졌다. 아이들 사이의 미묘한 감정들 속에서 놀이친구를 어떻게 할 것인가는 나의 큰 고민 중의 하나였다.

고민 끝에 가장 먼저 바꿔 보기로 한 것이 바로 역할에 대한 이름이었다. 놀이친구라는 이름으로 운영되고 있었던 역할의 이름을 '사랑이'라고 바꾸기로 했다. 명칭을 바꾼다고 무엇이 달라질까도 싶었지만 놀이친구를 바라볼 때마다 샘솟는 나의 애정을 아이들에게 전하고 싶었다. 아이들이 마음과 시간을 들여 놀이친구를 섬기는 모습은 정말로 사랑스러웠다. '사랑이'라고 이름을 붙이지 않을 수가 없었다. 비장애 아동이 장애 아동과 동행하며 생활을 돕고 옆자리를 지켜 주는 역할을 했다. 등교 시간엔 같이 사물함에서 책을 가지고 오고 중간놀이와 점심시간에는 함께 시간을 보냈다. 때론 자신의 것을 포기해야 하는 그 역할은 사실 사랑 그 자체였다. '사랑이'라고 이름을 붙이긴 했지만 '사랑'이야말로 누가 만들어서 가능한 것은 아니다. 아이들 안에 사랑이 피어나야만 가능한 역할이 된다. 이름의 무게만큼 중요한 이 역할을 아이들이 얼마나 해낼 수 있을까? 놀랍게도 '사랑이'는 교실에서 '사랑'을 만들어 갔다. 아이들은 어른들보다 뭐든지 훨씬 더 잘 해낸다.

사랑이의 발자국

아이들은 사랑이를 하면서 '사랑이 일지'에 발자국을 남긴다. 학급마다 일지를 만들어서 사랑이 당번이 사랑이 일지를 기록하도록 했다. 사랑이 담당 학생이 특수아동과 어떻게 시간을 보냈는지를 남겨놓도록 했다. 일지의 유형은 각 학급의 특수아동에 따라 달랐다. 특수아동에게 필요한 도움의 종류, 방법, 선호하는 놀이 활동 등을 미리 예시로 적어 두었다. 의견을 남기는 공간에는 함께하며 있었던 일, 기억에 남는 사건, 함께하며 힘들었던 부분이나 좋았던 점 등을 일기처럼 자유롭게 쓰라고 안내했다.

아이들에게 일지를 사용하는 법을 설명할 때는 무엇보다 솔직하게 쓰는 것이 가장 중요하다고 이야기했다. 일지의 목적이 아이들의 사랑이 역할에 대한 평가가 아님을 강조했다. 덧붙여 일지를 통해 각 사람에게 더 가까이 가고 싶은 나의 바람도 꺼내 보였다.

"얘들아, 은성이가 학교에서 가장 오랜 시간을 함께하는 사람이 누굴까? 바로 너희들이야. 서로에 대해 가장 잘 아는 사람도 바로 너희들이란다. 1학년 때부터 지금까지 서로를 만나 왔지? 그런데 선생님은 은성이를 이제 만났어. 은성이에 대해 아는 것보다 모르는 것이 훨씬 더 많아. 선생님은 너희들의 도움이 필요해. 은성이에 대해 새로 알게 된 것, 은성이가 좋아하는 것, 힘들어하는 것 등을 발견하면 선생님에게 알려 줄 수 있을까? 일지에 적어서 말이야."

"이 일지를 남기는 것은 우리 모두를 위함이야. 선생님은 여덟 명의 선생님이 아니라 너희 모두의 선생님이 되고 싶어. 너희들의 이야기를 듣고 싶은데 기회를 만들기가 쉽지가 않단다. 이 일지에 속마음을 솔직하게 남겨 놓으면 선생님이 도와줄 수 있는 것이 있는지 살펴보고 도와주고 싶어."

아이들은 분명 자신과 다른 누군가와 생활하기가 쉽지만은 않을 것이다. 나는 학급 친구들에게 특수아동과 무조건 잘 지내라고만 이야기하는 위치에 있고 싶지 않다. 함께 살아가는 아이들의 가려운 부분을 긁어 주어야 장애 아동과 비장애 아동이 더 깊이 있는 우정을 만들어 갈 수 있다고 생각한다.

처음 일지를 시작하고 어떤 이야기가 담길지 참 궁금했다. 아이들은 어떤 마음일까, 무엇을 보고 있을까, 무엇이 이들을 함께하게 하고, 무엇이 이들을 분리되게 할까. 궁금함과 호기심을 한가득 갖고 일지를 열어 봤다. 사랑이 일지에 담긴 아이들의 고백은 매일 나를 미소 짓게 했다. 교사의 지원이 필요한 내용이 담겨 있을 때는 교사들과 아이들 모두가 협력할 기회를 만들어 주기도 했다.

"은성이는 나에게 큰 것을 바라는 것이 아니라 단지 같이 있는 것만으로도 좋은 거 같아 계속 사랑이가 아니어도 옆에서 있어줘야겠다 생각했어요."

"동원이가 자꾸만 운동장을 빠르게 뛰어다녀서 쫓아가기 힘들었다. 불러도 멈추지 않아서 계속 뛰었다. 동원이는 달리기가 너무 빠르다."

"처음에는 어떻게 해야 할지 몰랐다. 하지만 점점 정수와 함께하면서 놀아서 재미있었고 컵 쌓기도 나보다 잘해서 신기하였다."

아이들이 남긴 이야기들은 자꾸만 뒤돌아보고 싶은 발자국이 되어 모두의 시간을 담아낸다.

하나님 나라를 세워가는 ♡6단의 사랑 열매♡	♡ 와 함께하는 사랑이♡
이와 같이 우리 많은 사람이 그리스도 안에서 한 몸이 되어 서로 지체가 되었느니라(롬12:5)	

2015년 4월 1일 수 요일		
오늘의 사랑이	이름 : 소	강

♡ 와 사랑이가 함께하는 오늘♡		확인∨	
아침	• 와 같이 가방을 정리하고, 사물함에서 교과서 함께 가져오기	∨	∨
수업 시간	• 장소 이동할 때 **함께 이동**하기 (체육관, 미술실, 음악실 등)	∨	∨
중간 놀이	• 가 혼자 있지 않도록 함께 다니기 • 함께 하고 싶은 놀이를 하기	∨	∨
점심 시간	• 점심을 먹고 난 후에 가 혼자 있지 않도록 함께 다니기 (식사기다려주기) • 하고 싶은 놀이를 함께 하기	∨	∨

♡ 함께 하면 좋은 놀이

함께한 놀이의 종류	체크	함께한 놀이의 종류	체크
-운동장 산책		-농구, 축구 같이 하기	
-놀이터에서 놀기		-보드게임(할리 갈리 등)	
-체육관, 복도를 돌아다니기	∨	-	

♡♡ 와 함께한 오늘의 이야기♡♡
제가 오늘 큐티 시간에 가 계속 손을
뒤에 등에 놓길래 제가 살짝 두들겨 줬는데..
가 저에게 누워서 웃는데 그때
기분이 넘 좋았다.

는 등 두들겨 주는 것을 좋아해~

<6학년 단반의 사랑이 친구가 기록한 사랑이 일지>

"제가 오늘 큐티시간에 동규가 계속 손을 등에 놓길래 제가 살짝 두들겨 줬는데 동규가 저에게 누워서 웃는데 그때 기분이 넘 좋았다."

♡ 와 사랑이가 함께하는 오늘♡		확인∨	
아침	• 가 가방을 정리하고, 사물함에서 필요한 책을 다 가지고 왔는지 확인해주기 서랍 정리 도와주기	V	
수업 시간	• 장소 이동할 때 함께 이동하기 (체육관, 미술실, 음악실 등)	V	
중간 놀이	• 가 혼자 있지 않도록 함께 다니기 • 함께 하고 싶은 놀이를 하기	V	
점심 시간	• 점심을 먹고 난 후에 가 혼자 있지 않도록 함께 다니기 (식사기다려주기) • 하고 싶은 놀이를 함께 하기	V	

♡ 함께 하면 좋은 놀이

함께한 놀이의 종류	체크	함께한 놀이의 종류	체크
-보드게임(할리갈리 등)	V	-농구, 축구 함께 하기	
-놀이터 함께 다녀오기		-	
-생태공원 함께 다녀오기		-	

♡♡ ♡♡

함께 [illegible] 통아저씨 게임도 하고 초콜릿도 먹었어요. 랑 같이 통아저씨 게임을 하니 가 쑥스러움을 많이 탄다는 것과 무서움을 많이 타는 것도 알게 되었어요. 그리고 는 나에게 큰 것을 바라는 것이 아니라 단지 같이 있는 것만으로 좋은 거 같다 계속 ♡이가 아니어도 옆에서 있어줘야 겠다 생각했어요.
화이팅!!!

〈6학년 향반의 사랑이 친구가 기록한 사랑이 일지〉

"은성이랑 같이 통아저씨 게임을 하니 은성이가 쑥스러움을 많이 탄다는 것과 무서움을 많이 타는 것도 알게 되었어요. 은성이는 나에게 큰 것을 바라는 것이 아니라 단지 같이 있는 것만으로 좋은 거 같아 계속 사랑이가 아니어도 옆에서 있어줘야겠다 생각했어요. 은성이 화이팅!"

♡ 함께 하면 좋은 놀이

함께한 놀이의 종류	체크	함께한 놀이의 종류	체크
-컵 쌓기 놀이하기		-놀이터 다녀오기	
-농구하기(공놀이)	✓	- 이발 놀이	✓
-찬양과 율동 함께하기		- 얘기하기	✓

♡♡ ♡♡

전부터 랑 잘 놀았는데 오늘 사랑이가 되니깐
더 친해진 느낌이다. 가면서 내이름도 불러주고, 같이
노니깐 재밌었다. 은근히 아무것도 하기 싫어할 줄
알았는데 생각했던 것보다 완전 적극적이고 잘
놀았고, 뚱을 써가면서도 잘 놀았던 것 같다 다음에도,
아니 사랑이 아니어도 챙겨야 겠다.

〈6학년 은반의 사랑이 친구가 기록한 사랑이 일지〉

"오늘 사랑이가 되니까 더 친해진 느낌이다. 가면서 내 이름도 불러주고, 같이 놀아서 재밌었다. 은근히 아무것도 하기 싫어할 줄 알았는데 생각했던 것보다 완전 적극적이고 잘 놀았고, 퉁을 써 가면서도 잘 놀았던 것 같다. 다음에도, 아니 사랑이 아니어도 챙겨야겠다."

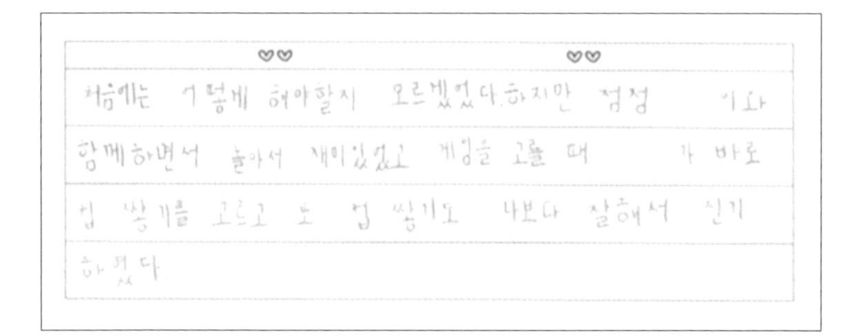
처음에는 어떻게 해야할지 모르겠었다. 하지만 점점 이와
함께하면서 놀아서 재미있었고 게임을 고를 때 가 바로
컵 쌓기를 고르고 또 컵 쌓기도 나보다 잘해서 신기
하였다

〈6학년 은반의 사랑이 친구가 기록한 사랑이 일지〉

"처음에는 어떻게 해야 할지 모르겠었다. 하지만 점점 정수와 함께하면서 놀아서 재미있었고, 게임을 고를 때 정수가 바로 컵 쌓기를 고르고, 또 컵 쌓기도 나보다 잘해서 신기하였다."

가 제주도에 갔다 와서 비행기를 너무 좋아하는 것 같다.
가 비행기를 좋아해서 공항과 비행기를 만들었다.
처음에는 좀 시무룩했는데, 비행기를 보고 즐거워 해서 나도
(만든것) 좋았다.

〈5학년 향반의 사랑이 친구가 기록한 사랑이 일지〉

"동준이가 제주도에 갔다 와서 비행기를 너무 좋아하는 것 같다. 동준이가 비행기를 좋아해서 공항과 비행기를 만들었다. 처음에는 좀 시무룩했는데 비행기 만든 것을 보고 즐거워해서 나도 좋았다."

♡ 함께 하면 좋은 놀이

함께한 놀이의 종류	체크	함께한 놀이의 종류	체크
-컵 쌓기 놀이하기		-놀이터 다녀오기	
-농구하기 (공놀이)	V	- 손잡고 '세세세' 놀이하기	V
-찬양과 율동 함께하기		-	

♡♡	♡♡

오늘은 내가 사랑이였다. 처음엔 살짝 귀찮고 하기 싫을 것 같았지만 해보니깐
와 많이 친해졌다. 가 처음엔 나랑 안 놀려고 내가 말을 걸어도
무시했으나, 고개를 숙이고 와 눈을 맞추고 웃어주니 도 웃었다
중간놀이 시간에 같이 '세세세' 놀이를 하였다. 점심시간엔 공을 빌려와서
같이 공놀이도 하였다. 비록 시간이 얼마 없었지만, 그래도 즐거웠다 :)

<6학년 은반의 사랑이 친구가 기록한 사랑이 일지>

"처음엔 살짝 귀찮고 하기 싫을 것 같았지만 해 보니깐 정수와 많이 친해졌다. 정수가 처음엔 나랑 안 놀려고 내가 말을 걸어도 무시했으나, 고개를 숙이고 정수와 눈을 맞추고 웃어 주니 정수도 웃었다. 비록 시간이 얼마 없었지만, 그래도 즐거웠다."

사랑이! 너희는 정말 대단해!

사랑이 일지를 보다 보면 혼자 보기가 아까워 가만히 있을 수가 없다. 아이들의 발자국이 남겨진 일지를 넘기며 계속 사진을 찍게 된다. 나와 다른 누군가의 필요를 바라본다는 것이, 그 자리를 지켜 준다는 것이 결코 쉬운 일이 아니라는 것을 잘 안다. 그렇기에 나도 할 수 없는 이 일들을 아이들이 해내고 있는 것을 보는 것만으로도 가슴이 벅차다.

한 학급에서는 담임 선생님이 사랑이 일지에 매일 피드백을 적어 주기도 했다. 학급 업무의 분주함 속에서 일지를 확인하고 피드백을 적어 준다는 것은 쉽지 않은 일인데, 담임 선생님들의 정성과 사랑은 아이들 안에 또 하나의 사랑으로 심겨지는 것을 볼 수 있었다.

아이들에게 내가 해 줄 수 있는 것은 아이들의 섬김이 얼마나 소중한 일인지, 얼마나 값진 일들을 만들어 가고 있는지를 전하는 것이라고 생각했다. 이를 위해 협교 수업 시간에 BEST 사랑이를 세우는 시간을 갖기로 했다. 사랑이 일지에 적힌 내용과 사랑이를 실천했던 모습들을 되돌아보면서 모범이 되는 사례를 교실에서 소개하고 아이들을 격려했다. 사실 모두가 엄청난 일을 하고 있기 때문에 BEST 사랑이를 선정하는 것은 고민이 되는 일이기도 했다. 한 명이 될 수도 있고 여러 명이 될 수도 있었다. 그저 아이들이 자신의 시간과 마음을 들여 즐거움과 기쁨으로 함께하였다는 그것. 그것이 지닌 가치와 아름다움을 한번 더 기억하고 새기는 것이 더 중요했다. 동시에 한 몸을 세워 가는 학급 아이들에게 이 마음을 꼭 전하고 싶었다.

"너희는 정말로 대단해. 너희가 있었기에 누군가는 학교에 즐거운 마음으로 올 수 있었고, 너희의 섬김이 있었기에 누군가는 학교에서 안전하게 시간을 보낼 수 있었어. 너희들은 지금 세상에서 가장 아름다운 장면들을 만들어 가고 있는 것이란다. 진심으로 고마워."

'사랑이' 없는 '사랑'이 흐르는 교실

'사랑이'는 교실에 있는 역할이다. 물론 교실에서는 역할에 머무르지 않고 진정한 사랑이 되어 가는 순간들이 참 많다. 그렇지만 사실 내가 꿈꾸는 것은 '사랑이'라는 역할이 없는 교실이다.

역할이나 규칙 없이도
홀로 외로이 시간을 보내는 친구가 교실에 없는 것

어느새 서로가 누리는 우정이 되어
자연스럽게 시간과 공간을 함께하는 것

특정한 사람과 더 친밀해지거나
특정한 사람과는 더 거리가 생기기도 하는 것

멀어졌다가 가까워지기도
가까웠다가 멀어지기도 하는 것

때로는 혼자 시간을 보내다가도
어느새 옆자리가 채워지기도 하는 것

어쩌면 모든 이들이 겪어 볼 수 있는 삶의 장면들이
장애 아동에게도, 장애 아동 부모에게도, 교사에게도
자연스러운 일상이 될 수 있는 그런 날이 왔으면 좋겠다.

'사랑이'는 없지만 '사랑'은 흐르고 있는
그런 교실을 꿈꿔 본다.

수업의 주인공

협교 수업은 주로 특수교사의 주도하에 이뤄지고 때로 특수아동에 관한 내용이나 장애 이해 교육 등을 다룬다. 그러다 보니 협교 수업이 특수아동만을 위한 수업이라고 느낄 수도 있겠다. 하지만 협교 수업의 주인공은 사실 학급의 모든 아이들이었고 나는 이 사실을 아이들에게 이야기하고 싶었다. 너희가 모두 주인공이라고. 함께 살아간다는 것은 모두가 주인이 되는 것이다. 한 사람이 장애가 있다고 해서 무조건 주목받아야 하거나 도움을 받아야 하는 존재는 아니다. 협교 수업에서도 학급 아이들 한 사람, 한 사람의 이야기가 모두 담기기를 원했다.

어떻게 하면 아이들 모두의 이야기를 담을 수 있을까 고민하던 중에 이전의 협교 수업 자료들을 보게 되었다. 수업 자료들 중에는 '이 사람을 찾아라'라는 퀴즈가 매 수업 시간의 시작에 활용된 것을 볼 수 있었다. 중앙의 협동학습 연구회에서 배운 '이 사람을 찾아라!'라는 활동을 응용한 것이었다. '이 사람을 찾아라'는 각자 자신의 정보를 적어 놓는 것에서 활동이 시작된다. 자신의 태어난 달, 혈액형, 발 사이즈 등의 정보를 적고, 음식, 색깔, 과목 등의 각 항목에 자신이 좋아하는 것을 적는다. 자신의 정보가 담긴 종이를 들고 친구들을 만나면서 자신의 답과 같은 답을 쓴 친구를 찾는 활동이다. 학기 초에 이 활동을 한 후, 이후 협교 수업의 시간마다 3분 정도 퀴즈 시간을 가졌다. 특정 친구의 정보를 듣고 누가 이 정보의 주인인지를 찾는 것이다. 특수아동이 주인이 되는 수업이 아니라 아이들 각자가 세워지는 시간이라는 의미를 전하고자 했다. 짧은 활동이지만 아이들은 간접적으로 자신을 소개하게 되고 학급 친구들에 대해 서로 생각해 보는 시간을 갖게 된다.

아이들은 이 활동에 매우 즐겁게 참여했다. 수업이 시작할 때면 '오늘은 이 사람을 찾아라 몇 명이에요?'라는 질문이 가장 먼저 나오곤 했다. 때로 수업에서 다룰 것이 많아 건너뛰고 넘어가려 할 때에도 아이들은 이 활동을 해야 한다고 항상 요청했다. 아이들에겐 공부가 아닌 놀이처럼 느껴지는 이 퀴즈가 마냥 즐거웠을 수도 있겠지만 짧은 퀴즈에 담긴 나의 마음도 전해졌을 것이라 생각한다. 장애의 유무를 떠나 각 사람이 이 세상에서 둘도 없이 귀한 '주인공'이라는 것을 마음 깊이 새기기를. 상대를 주인공으로 대할 줄 알고 주인공으로서 자신의 존귀한 가치를 아는 아이들이 되기를. 나의 가치가 곧 상대의 가치가 되고 상대의 가치가 곧 나의 가치가 됨이 심겨질 수 있기를. 바라는 이 마음 말이다.

너와 나의 관계 지도

한 학기를 보내고 방학을 마친 아이들과 2학기를 시작하며 처음으로 하는 활동은 관계도 그리기이다. 이 관계도는 '거리 관계도'로 학급 친구들이 서로 간에 느끼고 있는 친밀감과 거리감을 시각적으로 표현할 수 있는 지도이다.

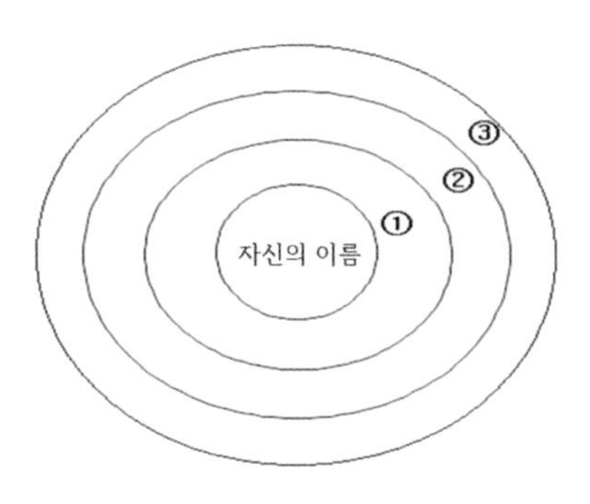

〈거리 관계도 그리기 활동지의 예시〉

이 활동은 활동지에 표시되어 있는 중심 원에 자신의 이름을 쓰고 시작한다. 중심원 주변의 원에는 친구들의 이름을 쓴다. 중심으로부터 가까운 원일수록 평소 친밀한 친구의 이름을 쓰는 것이다. 관계도에 학급에 있는 모든 친구의 이름이 적힐 수 있도록 학급 명렬표를 화면에 띄워 주기도 했다. 활동을 시작할 때 아이들에게 강조할 주의점이 있었다. 세 번째 원이나 두 번째 원에 친구의 이름을 썼다고 해서 무조건 그 친구를 싫어한다거나, 상대와 관계가 나쁘다는 것을 의미하는 것은 아니라는 부분이다. 작성한 활동지를 친구들에게 공개하지 않는다는 것도 안내해야 했다. 또래 관계에 민감한 시기에 있는 아이들은 자신이 쓴 내용이 공개될까 조심스러워했기 때문이다.

교사는 아이들이 완성한 관계 지도를 통해 다양한 정보를 얻게 된다. 학급 내에서 또래 관계가 어떻게 형성되고 있는지, 누가 관계에서 어려움을 겪고 있는지 등을 볼 수 있다. 특별히 나는 특수아동이 학급 친구들과 형성하고 있는 친밀감의 정도를 확인할 수 있었다. 관계도를 보면서 비장애 아동의 첫 번째 원, 두 번째 원에 적혀 있는 장애 아동의 이름을 발견하는 기쁨도 누릴 수 있었다. 특수아동을 가까운 거리에 있는 친구라고 표현한 아이들이 정말 많았다.

관계도를 그린 후에 아이들에게 물어보는 것이 있다. 동준이(학급의 특수아동)의 관계도에서 자신이 몇 번 원에 있을 것 같은지를 묻는 것이다. 아이들은 솔직하게 대답해 준다. 가장 먼 거리의 원에 있을 것 같다고 수줍게 이야기하는 친구들도 있다. 반면 자신의 이름이 동준이의 지도에서 가장 가까운 원에 있을 것 같다고 자신 있게 손을 드는 친구들이 있다. 그만큼 서로의 친밀함을 신뢰할 수 있는 사이가 되었다는 것을 보여 주는 고마운 친구들이다.

수업을 마칠 때는 아이들에게 도전을 던졌다. 학기를 마칠 때가 되면 먼 거리의 원에 있는 친구들도 모두 가까운 원으로 들어오는 것을 함께 만들어 가자고 말이다. 모든 사람과 친밀한 거리로 지낸다는 것은 쉽지 않은 일이다. 하지만 한 몸, 한 지체를 향해 달려가기로 한 이상 꿈꿔야 할 것이 있다. 가장 거리가 먼 곳에 친구를 홀로 남겨두지 않기를. 가장 가까운 곳에 아무도 없다고 생각되는 일은 누구에게도 남겨지지 않기를 바라는 꿈 말이다. 꿈꾸는 교실엔 희망이 있다.

혼자서는 절대 할 수 없는 것

협교 수업을 계획하며 꼭 넣는 수업은 공동체 게임을 하는 수업이다. 공동체 게임은 학급 전체가 하나의 활동에 참여하는 시간을 만들어 준다. 아이들은 혼자서는 할 수 없는 게임을 통해 학급이 함께함에서 오는 기쁨과 즐거움을 경험하게 된다. 공동체 게임으로는 몸으로 말해요, 스피드 퀴즈, 풍선 치기 등 모두가 참여할 수 있는 활동을 활용했다.

게임을 할 때도 특수아동을 위해 수정된 참여 방법을 마련했다. 예를 들어 '몸으로 말해요'라는 게임을 할 때는 네 가지 정도의 수정된 참여 방법을 세웠다. 먼저 이 게임의 규칙은 다음과 같다.

1. 모둠원 4명이 앞에 나와서 한쪽을 바라보고 일렬로 선다.
2. 반대쪽에서 교사가 첫 번째 학생의 등을 두드리면 학생은 뒤를

돌아 제시어를 확인한다. 이때 학생들은 게임이 끝날 때까지 소리를 내서는 안 된다.

3. 제시어를 본 첫 번째 학생이 두 번째 학생 등을 두드리고 두 번째 학생에게 몸동작으로 제시어를 설명한다. 세 번째, 네 번째 학생은 이 동작을 볼 수 없다.
4. 두 번째 학생도 세 번째 학생에게 같은 방식으로 제시어를 설명한다.
5. 세 번째 학생도 마지막 네 번째 학생에게 동작을 전달한다. 마지막에 있는 네 번째 학생은 세 번째 학생으로부터 전달받은 동작을 보고 제시된 낱말이 무엇인지 유추하여 맞혀야 한다.

수정된 참여 방법은 언제나 아동의 장애 정도에 따라 달라지며, 모둠 친구들, 학급의 상황, 특수아동의 의사 표현에 따라 다르게 적용한다. 교사가 기본적으로 제시한 수정된 참여 방법은 다음과 같았다.

1. 특수아동이 속한 모둠은 특수아동과 행동 모방을 함께해 줄 친구를 다른 모둠에서 뽑는다(자원하는 친구 중에서 특수아동이 선택하거나, 모둠에서 상의하여 선택하기).
2. 특수아동이 속한 모둠에는 제한 시간에 추가 시간을 더한다.
3. 특수아동은 담임 선생님과 행동 모방을 함께한다.
4. 특수아동이 제시어를 보여 주는 역할을 담당한다.

이외에도 아이들에게 대안이 될 수 있는 아이디어를 물었다. 아이들은 훨씬 더 창의적이고 재미있는 방안을 찾아내기도 한다. 제시어를 고를 수 있는 찬스나 동작을 할 때 소리를 낼 수 있는 찬스를 요청하기도 했다. 특수아동이 속한 모둠은 학급 친구들의 이름을 제시어로 사용하자는 의견도 있었고, 특수아동이 평소에 좋아하는 것과 관련된 제시어를 요청하기도 했다. 아이들의 기발한 의견에 무릎을 칠 때가 참 많다. 교과 수업 시간에도 반영되는 이런 방법은 아이들에게 중요한 가치를 세워 준다. 모든 사람은 특정한 활동에 다양한 모습으로 참여할 수 있고, 참여할 수 있도록 하는 것은 주변 사람들의 역할이 크다는 것을 말이다.

한 몸 세우기 보고서

한 학기의 마지막 시간. 학기를 마무리하며 아이들이 한 몸 세우기 보고서를 만든다. 개인이 보고서를 작성해 보기도 했고 모둠이 협력하여 하나의 보고서를 만들기도 했다.

아이들이 학급에 사랑이 역할이 정말로 필요한지, 필요하다면 이유가 무엇인지 생각해 보는 시간이다. 한 학기 동안 사랑이 역할을 통해 경험한 것과, 자신이 깨달은 함께 살아감의 가치에 대해 정리해 본다. 다음 학기를 준비하며 사랑이가 꼭 지켜야 하는 행동과 조심해야 하는 행동 및 학급이 하나 되기 위해 함께하고 싶은 것 등에 대해서 생각해 보도록 했다. 개별 보고서에서 중요한 질문 중의 하나는 '나는 동준(학급의 특수아동)이에게 어떤 친구인가? 동준이는 나를 어떻게 생각할 것 같은가?'이다. 간단한 보고서이지만 특수교사에게는 학급의 특수아동이 친구들 사이에서 어떤 관계를 형성하고 있는지, 통합 상황에서 지원이 필요한 친구가 있는지를 확인할 수 있는 좋은 자료가 되었다. 한 몸을 세워 가는 과정 속에서 학급 아이들은 어떤 생각을 하고 있는지도 알 수 있는 기회가 되었다.

나는 보고서를 본 후에 짧게 피드백을 적어 아이들에게 돌려줬다. 한 학기 동안 특수아동과 진정한 우정을 나눈 친구, 때로는 고민하며 힘들어했던 친구 모두에게 격려와 고맙다는 말을 적었다. 아이들 한 명, 한 명에게 정말로 애쓰고 있다고, 잘하고 있다고 이야기해 주고 싶었다. 보고서는 2학기의 첫 시작에 다시 돌려주고, 2학기의 사랑이를 세워 갔다. 공동체와 우정을 세워가는 도전과 움직임은 변함없이 지속된다.

한 학기 협고 수업을 마치며 5학년 학생들이 작성한 보고서

1. 사랑이가 우리반에 필요한 이유가 무엇인가요?

사랑이 덕분에 혼자 놀던 친구들이 줄어들었다.

2. 사랑이를 하면서 내가 배울 수 있는 것은 무엇인가요?

이. 이와 우리반전체가 하나가 되고. 이 이랑 더 친해 질 수있다.

-특별히 / 이가 우리 반에 있어서 좋은 이유가 있다면?

와 이 덕분에 우리 반이 인기도있어지고

와 이 덕분에 우리반이 기쁘고 행복하다.

3. 사랑이의 역할. 해야 되는 일

1. 이가 혼자 다니지 않도록 챙겨주고 이 이가 좋아하는 일을 해주기

4. 사랑이를 하면서 꼭 지켜야하는 세 가지가 있다면?

1. 가 혼자있지 않도록 도와주기

2. 사랑이 일지쓰기

3. 를 챙겨주기

5. 는 나에 대해서 어떻게 생각할 것 같나요?

- 에게 나는 어떤 친구로 느껴질 것 같나요?

이는 나를 좋은친구로생각할것같다.

6. 2학기 때 사랑이를 하면 함께 하고 싶은 것을 써 보세요.

즐겁게 놀기

1. 사랑이가 우리반에 필요한 이유가 무엇인가요?

사랑이를 하면 이와 이가 혼자 있는 일이 없기 때문. 이와 이를 우리가 무시하지 않기위해 필요함 이와 이를 더 사랑할 수 있는 계기가 되기 위해서.

2. 사랑이를 하면서 내가 배울 수 있는 것은 무엇인가요?

장애인도 우리랑 다를 바 없구나. 내가 잘하는 것이 있듯이 이와 이도 잘하는 것이 있다는 것 우리가 이와 이를 결코 무시해서는 안된다는 것

-특별히 이가 우리 반에 있어서 좋은 이유가 있다면?

이는 우리 반 분위기를 잘 살려주고, 방귀도 뀌어줘서 웃기게 또 번개파워로 재밌게 해준다. 는 우리 반이 2% 정도 부족할 때, 이가 잘 메꿔준다. (피스메이커, 행복바이러스 전파)

1. 사랑이가 우리반에 필요한 이유가 무엇인가요?

사랑이가 없으면 가 쓸쓸하고 외롭고 심심하다. 그래서 사랑이가 필요하다.

2. 사랑이를 하면서 내가 배울 수 있는 것은 무엇인가요?

가 좋아하는 것을 알 수 있다. 를 이해할 수 있다

-특별히 가 우리 반에 있어서 나에게 좋은 이유가 있다면?

사랑이가 돼서 책임감이 생겨서 다른 일도 책임감을 가지고 잘 할 수 있다,

1. 사랑이가 우리반에 필요한 이유가 무엇인가요?

누군가 한사람만 소외되거나, 외톨이가 되면 안되고, 우리반이 한 공동체가 되기위해서 있는것 같다.

2. 사랑이를 하면서 내가 배울 수 있는 것은 무엇인가요?

서로 친밀한 친구가 되기위해서 어떻게 행동하면 될까

-특별히 / 이가 우리 반에 있어서 좋은 이유가 있다면?

이가 항상 밝은 웃음을 짓고있고, 재미있는 행동을 해서 날웃게 된다. 이가 항상 인사해주면 기분이 좋다.

3. 사랑이의 역할, 해야 되는 일

이 이가 소외받고 혼자있지않도록 도와주고 같이 논다.

4. 사랑이를 하면서 꼭 지켜야하는 세 가지가 있다면?

① 빨리가지고 포목을 잡아끌지 않는다.

② 누구(OO이) 나쁘지~ 그지~ 이런말, 하지않는다.

③ 이, 이 물건은 함부로 만지지않는다.

1. 사랑이가 우리반에 필요한 이유가 무엇인가요?

비에 대해서 더 잘알고 장애나 비장애나 모두 똑같다는 것을 알기위해서

2. 사랑이를 하면서 내가 배울 수 있는 것은 무엇인가요?

장애가 있는 친구들도 우리가 할수있는것을 다 할수 있고 친구들을 존중하고 기다릴수 있는 것

-특별히 이가 우리 반에 있어서 좋은 이유가 있다면?

항상 웃음을 주고 우리가 사회에 나갈때 장애가 있는 사람들을 먼저 도와줄수 있어서

---

4. 사랑이를 하면서 꼭 지켜야하는 세 가지가 있다면?

1. 언제나 함께있기!
2. 보디가드 되기!
3. 기쁘게 받아들이기!

5. / 이는 나에 대해서 어떻게 생각할 것 같나요?
   / 이에게 나는 어떤 친구로 느껴질 것 같나요?

힘 내도록 칭찬하는 친구 - .... 예전: 사랑이 하기 싫어하는 친구

사랑이 많은 친구 - .... 예전: 누.... 누구?

6. 2학기 때 사랑이를 하면 함께 하고 싶은 것을 써 보세요.

이와 학교에서 있을 때만 노는것이 아니라 다른곳에서도 함께 놀고싶다.

우리가 외치는 소리

인식 개선. 이미 굳어진 관점을 어떻게 바꿀 수 있을까.

장애 그 너머에 있는 것을 어떻게 보여 줄 수 있을까.

아이들에게 도전을 던졌다. 모둠이 협력해서 인식 개선 광고를 만드는 것이다. 이 광고는 네 컷의 이미지로 구성된다. 광고의 주제는 협교 수업의 주제인 '한 몸 세우기'로 정했다. 우리가 누리고 있는 함께 살아가는 삶으로 더 많은 사람들을 초대하고자 했다. 아이들이 교실에서 한 몸, 한 지체로 살아가는 삶을 세워 가며 발견한 숨겨진 보물을 담은 메시지였다. 아이들의 삶이 담긴 이 선명한 외침이 세상에 전해질 수 있기를 바란다.

6학년 학생들이 만든 인식 개선 광고들

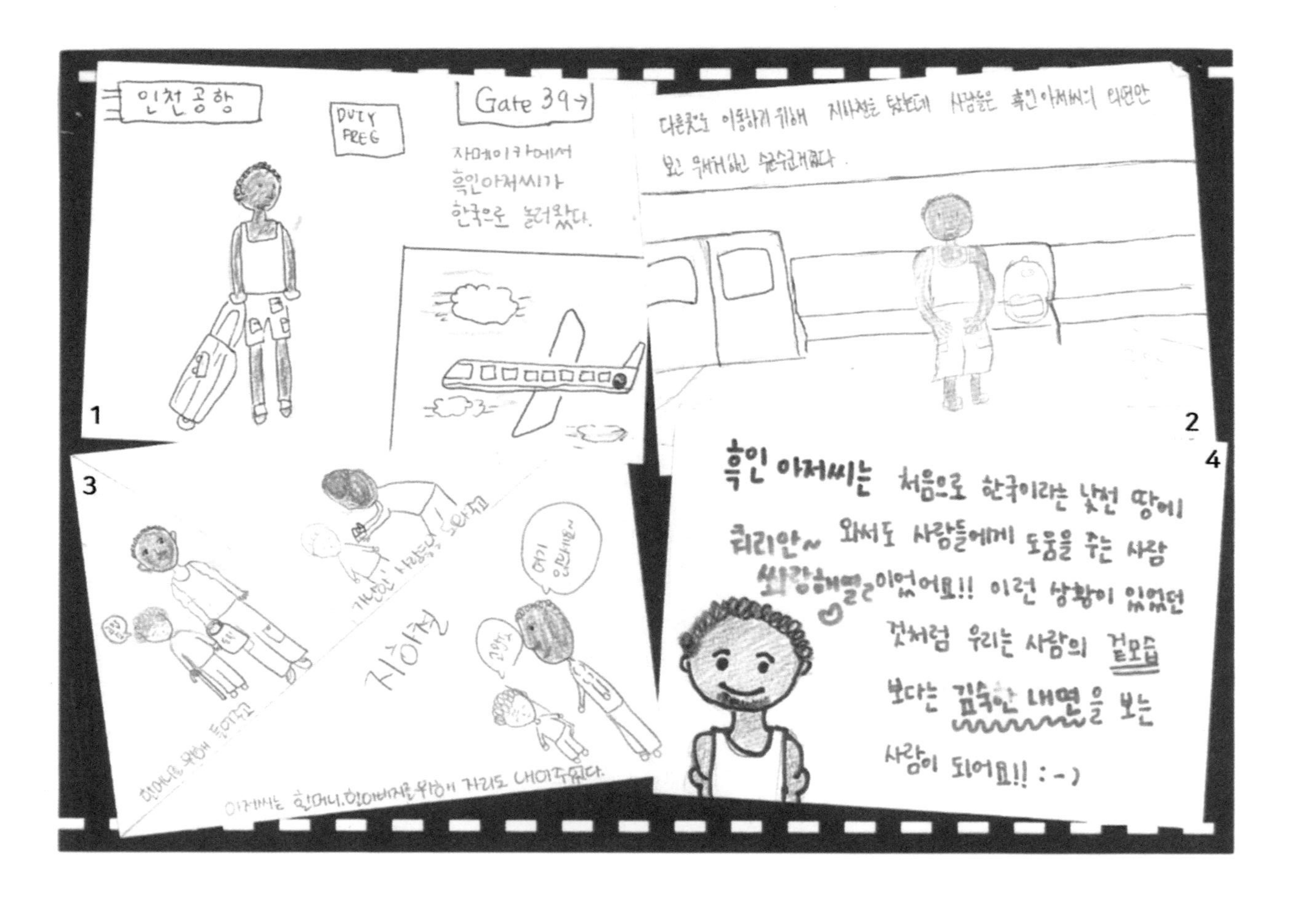
1
인천공항
Gate 39→
자메이카에서
흑인아저씨가
한국으로 놀러왔다.
2
다른곳으로 이동하기 위해 지하철을 탔는데 사람들은 흑인 아저씨의 외면만
보고 무서워하고 수군수군거렸다.
3
지하철
아저씨는 할머니,할아버지를 위해 자리도 내어주었다.
4
흑인 아저씨는 처음으로 한국이라는 낯선 땅에
코리안~ 와서도 사람들에게 도움을 주는 사람
사랑해쨜이었어요!! 이런 상황이 있었던
것처럼 우리는 사람의 겉모습
보다는 깊숙한 내면을 보는
사람이 되어요!! :-)

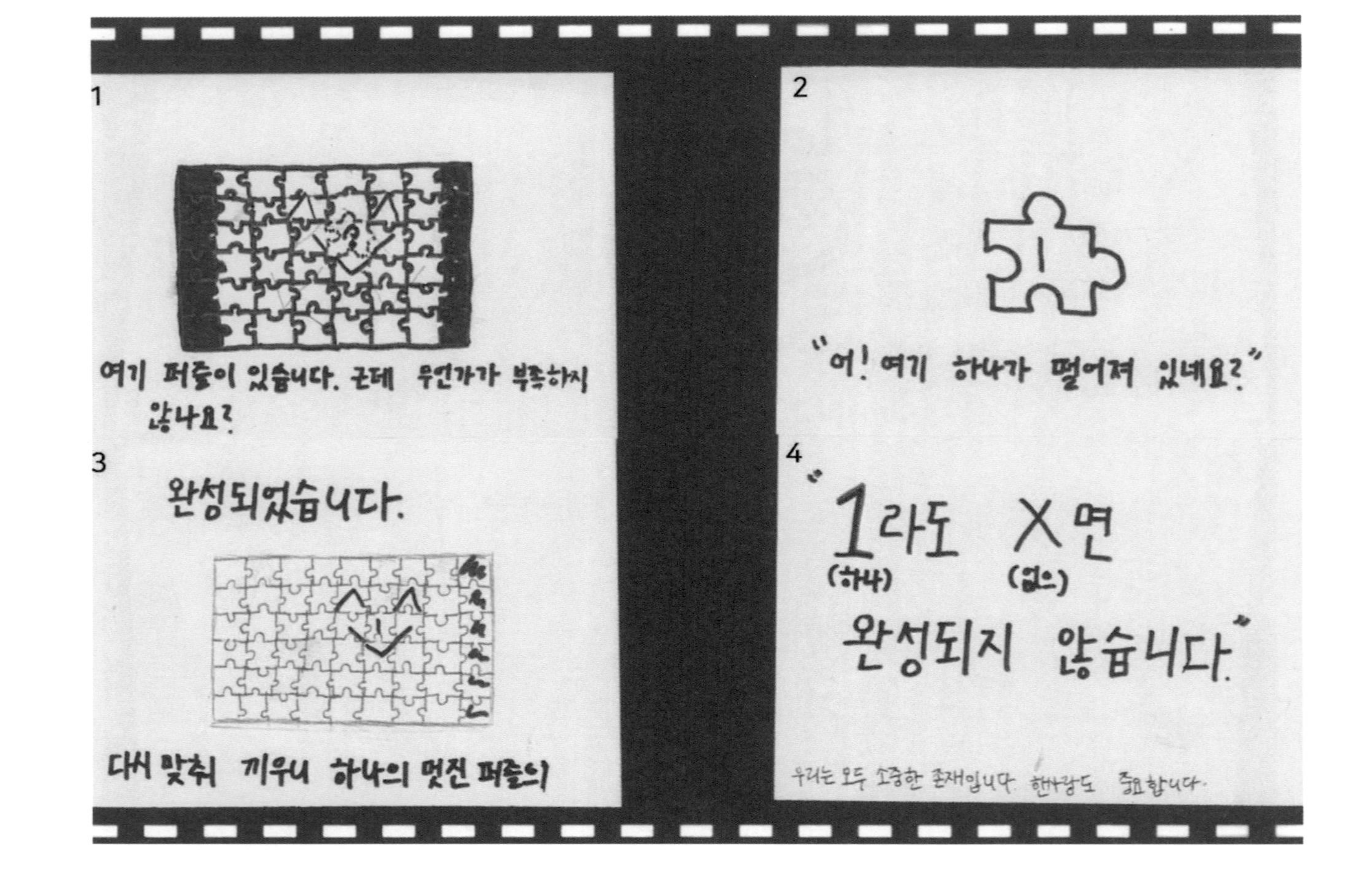
1
여기 퍼즐이 있습니다. 근데 무언가가 부족하지 않나요?
2
"어! 여기 하나가 떨어져 있네요?"
3
완성되었습니다.
다시 맞춰 끼우니 하나의 멋진 퍼즐이
4
"1(하나)라도 X(없으)면 완성되지 않습니다."
우리는 모두 소중한 존재입니다. 한사람도 중요합니다.

1
약자를 비난하는 화려한 여자가
있었습니다
노답이야..
2
화려한 여자의 속마음을 비춰주는
거울엔, 그녀의 모습이 매우 추했습니다
3
약자의 속마음을 비춰주는 거울에 비친 그는, 매우
깔끔하고 아름다운 모습이었습니다.
4
화려한 겉모습보다 아름다운 속마음이 중요합니다.
겉모습을 가꾸기보다 속마음을 열심히 가꿉시다.
HE HE
HA HA

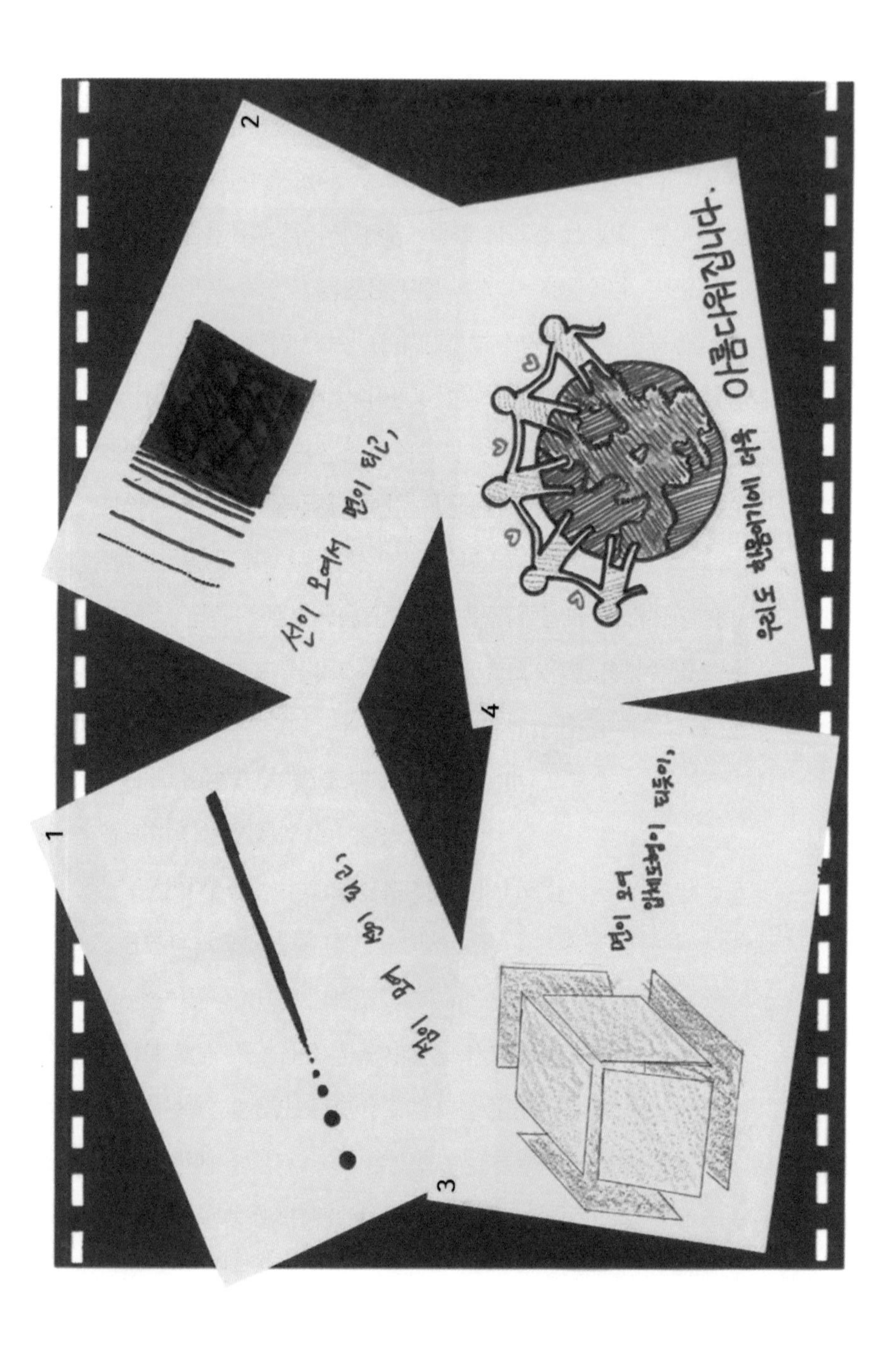
1
점이 모여 선이 되고,
2
선이 모여서 면이 되고,
3
면이 모여
입체도형이 되듯이,
4
우리도 한몸이기에 더욱 아름다워집니다.

장애인 편견 해소법

6학년 2학기 중반을 넘어갈 때였다. 나는 아이들의 내면 안에 그동안 우리가 수업에서 나누었던 가치가 제법 쌓여 있다는 것을 느낄 수 있었다. 아이들이 5학년이던 시절부터 협교 수업을 함께했더니, 아이들은 이제 나의 눈빛만 봐도 내가 무슨 이야기를 전하고 싶은지 알고 있는 것 같았다. 긴 시간 동안 통합교육을 받으며 장애가 무엇인지 삶으로 경험한 이 아이들의 마음에 특별한 가치가 새겨져 있을 것 같았다. 어쩌면 장애와 관련한 세상의 많은 의문들에 아이들만의 답을 전할 수 있지 않을까 하는 기대가 생겼다.

그런 기대를 담아 '장애인 편견 해소법'을 만드는 수업을 계획했다. 아이들은 이전에 장애인 차별 금지법을 배우는 시간을 가졌었다. 차별이라는 이름 안에 있는 편견이 해소되어야 하는 이 시대의 필요에 아이들이 더 가까이 갔으면 했다. 이 아이들의 삶이 전하는 목소리라면 충분히 그 편견을 넘어설 수 있다.

수업에서는 비장애인들이 갖고 있는 장애에 대한 오해와 편견이 담긴 질문들을 준비해 아이들에게 제시했다. 두 명 혹은 세 명이 한 팀이 되어 한 가지 질문을 맡아 답변을 완성해 보도록 했다. 꽤 어려운 질문들이 많았지만 아이들이 해낼 수 있을 거라고 생각했다. 그동안 협교 수업과 학급 안에서의 경험을 통해 깨닫고 배운 것들이 전부 답이 될 것이었다.

모두 답변을 완성한 후에 각자 맡았던 질문과 답을 서로 공유했다. 아이들의 답은 내가 기대했던 것보다 훨씬 흔들림 없이 단단했다.

편견: 장애인은 모두가 착한 천사다?

아이들의 답: 장애인도 장애가 있지만 자신의 성격을 표출할 수도 있고, 똑같은 사람이기 때문에 성격상 잘 안 좋을 수도 있어서 모두가 착하다고 할 수 없다.

편견: 장애인들은 특성이 다 똑같다?

아이들의 답: 아닙니다! 장애인들도 우리와 같은 사람이기 때문에 모두 다른 특성을 가지고 있습니다. 하나님께서 우리를 모두 다르게 만드셨기 때문입니다.

편견: 장애인과 함께 살아가면 비장애인에게 좋은 것은 없다?

아이들의 답: 이해하고 공감하는 방법을 배울 수 있다.

편견: 비장애인에겐 장애가 없다?

아이들의 답: 물론 저희에게는 드러나는 장애는 없습니다. 하지만 이것은 비장애인과 장애인의 기준을 어디에 두냐에 따라서 결정됩니다. '장애인은 완벽하지 않다.' 다들 흔히 하는 말이죠. 그런데 정작 그런 말을 하는 저희는 '완벽'한가요? 완벽한 인간은 그 어디에도 없습니다. 저희도 못하는 게 있지 않습니까? 적어도 한 개씩은 있지 않나요? 저희는 자만하고 교만한데, 겸손한 장애인들을 욕하고 있습니다. 가장 기억하셔야 할 것은 그들도 인간이란 것입니다. 장애인의 장애를 욕하기 전에 자신을 돌아보세요.

아이들의 답에서 힘이 느껴진다. 누가 물어도 아이들의 답은 바뀌지 않을 것이다. 아이들은 다른 어떤 이도 아닌 친구에게서 이 답을 찾았기 때문이다.

장애인 편견 해소법에 제시된 편견에 대한 6학년 학생들의 답

편견 2 : 장애인은 모두가 착한 천사다 ?

(장애인도 장애가 있지만 자신의 성격을 표출할 수도 있고, 똑같은 사람이기 때문에 성격상 잘 안좋을 수도 있어서 모두가 착하다고 할 수 없다)

장애인도 장애가 있지만 자신의 성격을 표출할 수도 있고, 똑같은 사람이기 때문에 성격상 잘 안좋을 수도 있어서 모두가 착하다고 할 수 없다

편견 4 : 장애인은 무조건 다 도와줘야 한다?

장애인이 도움이 필요하다고 말하지 않는 이상 다 도와주지 않아야한다. 장애인도 스스로 할 수 있는것이 더 많다. 장애인도 악기도 할 수 있고 기억력도 좋다.

편견 3 : 장애인은 할 줄 아는 것이 없다 ?

A : 성경에 의하면 주님께서는 모든 한사람 한사람에게 그 사람만의 특별한 은사를 주신다고 하셨다. / B : 장애인들도 연습만하면 잘 할 수 있는 것 많다. 예로, 미숀 [illegible] 플룻과 노래를 잘 [illegible] A : 또다른 예로 이는 춤을 잘 추고 그 누구보다 찬양을 열심히 한다.

편견 7 : 비장애인에겐 장애가 없다 ?

물론 저희에게는 드러나는 장애는 없습니다. 하지만 이것은 비장애인과 장애인의 기준을 어디에 두냐에 따라서 결정됩니다. '장애인은 완벽하지 않다', 다들 흔히 하는 말이죠. 그런데 정작 그런 말을 하는 저희는 '완벽'한가요? 완벽한 인간은 그 어디에도 없습니다. 저희도 못 하는게 있지 않습니까? 아무리 적어봐요 적어도 1개씩은 있지 않나요? 장애인은 그래도 몸의 부위중 한개가 사용이 불능하더라도, 다른쪽이 발달되었습니다. 저희는 자만하고 교만한데, 겸손한 장애인들을 욕하고 있습니다. 이게 정당합니까? 가장 기억해야 할 것은, 그들도 인간이란 것입니다. 장애인의 장애를 욕하기 전에, 자신을 돌아보세요.

편견 13 : 태어날 때 장애가 [illegible]

편견 8 : 장애인과 함께 살아가면 비장애인에게 좋은 것은 없다 ?

- 비장애인의 단점이 장애인의 장점일 수도 있고, 그러면 도움을 받아 좋다.
- 이해하고 공감하는 방법을 배울수 있다.

편견 10 : 장애인들은 특성이 다 똑같다 ?

아닙니다! 장애인들도 우리와 같은 사람이기때문에 모두 다른 특성을 가지고 있습니다 하나님께서 우리를 모두 다르게 만드셨기 때문입니다.

편견 5: 비장애인에겐 장애가 생길 일이 없다 ?

비장애인에게 장애가 생길 일이 있다. A. 뜻하지 못한 장애가 생길수도 있고, 사고로 인해 장애가 생길수도있고, 분노조절장애등 다른장애가 있을수도 있다. 또, 자신이 모르는 장애가 있을수도있고. 교통사고로 인해서도 생길수있다. 자신이 모르는 장애가 있을수도 있다는것을 기억하자.

편견 9: 장애인은 감정을 잘 느끼지 못한다?

아니다, 왜냐하면 사람에게는 감정을 느낄수 있는 능력이 있으며 장애인들도 사람이다 또한 감정을 표현하지 않는 경우를 보고 (또는 자신이 이해를 못한 경우를 감정을) 느끼지 못한다고 하는것은 비장애인들에게 또는 당신, 그 사람에게 감정을 느끼지 못한다고 말하는것과 같기때문이다.

장애, 우리가 만드는 정의

장애가 장애되지 않는 아이들의 삶이 어떻게 하면 더 오래도록 유지될 수 있을까 고민이 됐다. 훗날 함께했던 이 시간이 아득해져도 세상의 소리에 흔들림 없이 자신의 것을 지킬 수 있기를 바라는 마음이 컸다. 고민 끝에 아이들이 졸업을 하기 전에 장애가 무엇인지에 대해 자신만의 정의를 내릴 수 있었으면 좋겠다는 생각이 들었다. 겉으로 드러나는 것 너머에 진정으로 봐야 할 것이 무엇인지를 기억하고 훗날 세상에 나가서도 정확히 목소리를 낼 수 있는 아이들이 되기를 원했다.

아이들에게 제안했다.
"세상에서 정해 놓은 장애의 정의가 아니라 나만의 정의를 만들어 보자!"
어떤 내용을 담았으면 좋겠다고 구체적으로 제시하고 싶었지만 꾹 참았다. 그동안 수업 시간에 나눈 이야기들이 아이들 마음에 분명히 있을 것이라고 믿었다. 나의 믿음이 전해졌는지 아이들은 저마다 자신만이 발견하고 있는 '장애'를 분명하게 담아냈다.

"장애란 편을 나눠 버리는 편견이다."

"내가 생각하는 장애는 겉으로 보이기에 부족해 보여도 장애는 아니다. 그럼 나에게 장애는 죄와 악한 사람이다."

"내가 생각하는 장애는 함께하면 극복할 수 있는 것이다."

"하나님께서 우리에게 주신 선물이다. 하나님께서 우리에게 주신 훈련책이다. 왜냐하면 그 친구들을 통해 하나님께 훈련받기 때문이다."

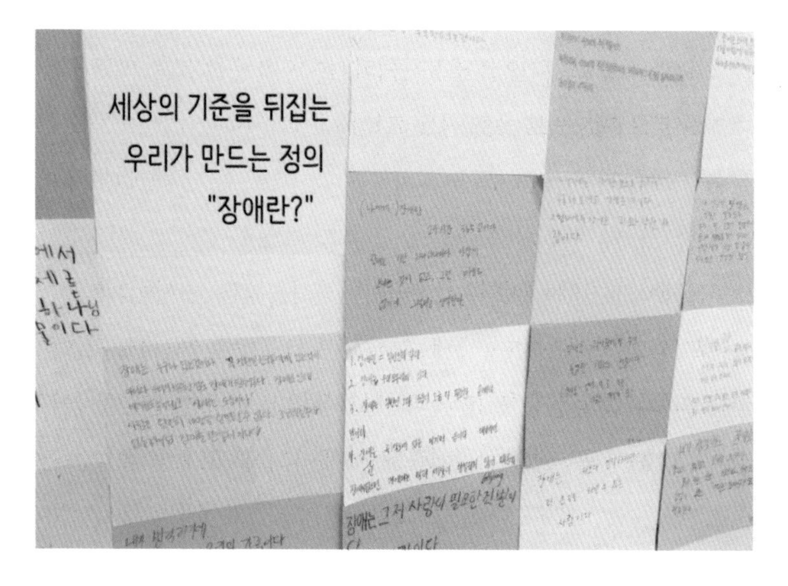

〈'우리가 만드는 정의, 장애란?' 활동 후 6학년 항반 교실에 전시된 전시물〉

6학년 학생들이 만든 장애에 대한 자신만의 정의

6-

내가 생각하는 장애는

함께 하면 극복할수있는것이다.

6단 번

장애란 편을 나눠버리는 편견이다.

장애는 평범한 거다.

우리도 각각 장애를

가지고 있으니까.

장애는 자랑할 만한 것이다
장애를 통해 더 큰 감동과 감격을
세상에 전해 줄 수 있기 때문이다.

<6 단 >

장애는 신체적 정신적으로 생활 하는데 불편한 것이다. 그리고
다른사람에 비해서 높은점이 있지만 낮은점이 좀더 많은것이다.
하나님의나라에서의 장애는 악하고 교만한 마음이다.

내 가생각하는 장애는 겉으로 보기 에
부족해 보겨도 장애는 아니다
그럼나에게 장애는 죄와 악한 사
람이다.

하나님께서 우리에게 주신 선물이다.

하나님께서 우리에게 주신 훈련책이다 왜냐하면 그 친구들을 통해 하나님께
훈련받기 때문이다.

세상을 비추는 우리의 꿈

6학년의 12월, 졸업을 앞둔 아이들을 생각하면 참 여러 가지 마음이 든다. 이 아이들이 세상에 나아가 봐야 할 것을 보고, 말해야 할 것을 말할 줄 아는 사람이 되기를 바라는 간절한 마음으로 협교 수업의 끝을 향해 달려간다. 그 끝자락에서 아이들과 나누는 수업은 비전과 관련한 수업이다. 다양한 직업 카드를 살펴보며 이 직업을 통해서 장애인을 어떻게 도울 수 있을지를 생각해 보는 시간을 갖는다. 특정 직업을 가진 사람이 자신의 자리에서 장애인을 잊지 않는다면 어떤 일을 할 수 있을지 적어 보는 것이다. 예를 들어 기자라는 직업으로 장애인을 잊지 않는다면, 장애인 인권에 대한 특집 기사를 쓸 수도 있고, 장애인 복지와 관련된 정보와 소식을 담은 기사를 쓸 수 있을 것이다. 여러 직업 카드를 활용해 다양한 아이디어를 모아 본 후에는 아이들의 삶으로 질문을 던진다.

"앞으로 여러분이 서게 되는 삶의 자리 어디에서든지 장애인을 잊지 않는 삶을 살아갈 수 있으면 좋겠어요. 누군가는 잊을 수 있고 누군가는 관심을 갖지 않을 수도 있어요. 하지만 여러분 중의 한 사람이 장애인을 잊지 않고 기억한다면 세상은 달라질 수 있을 것이에요."

누군가는 잊을 수 있고 관심을 갖지 않을 수 있다고 이야기하는데 목이 멨다. 사실 그렇다. 대부분의 사람들에게 장애인의 삶이란 가까이하기엔 너무 낯설고 먼 이야기로 남아 있다. 그럼에도 아이들의 삶이 여기까지 올 수 있었던 것은 누군가는 장애인을 잊지 않았기 때문이다.

아이들은 자신의 장래 희망을 통해서 장애인을 기억할 수 있는 방법을 별 모양의 종이에 적었다. 방송 PD가 꿈인 학생은 예능에서 장애인 관련된 여러 주제로 방송을 만들겠다고 했다. 건축가가 꿈인 학생은 장애인이 살기 편한 집을 만들고 싶다고 했다. 한 학생은 로봇공학자가 되어 보조공학을 활용해 장애인의 생활을 돕는 기계를 발명하겠다고 했다. 이외에도 디자이너, 스튜어디스, 아나운서, 바이올리니스트 등 다양한 직업의 종류만큼 장애인을 잊지 않고 살아갈 방법도 참 다양했다.

아이들이 써 놓은 것을 살펴보는데 이 꿈들이 실현될 날들이 왠지

가깝게 느껴졌다. 지금은 희망을 담은 꿈이지만, 훗날 아이들에게는 삶의 장면이 되어 세상을 비추는 순간이 올 것이라고 나는 믿는다. 교실 한쪽에 전시된 저 별들처럼.

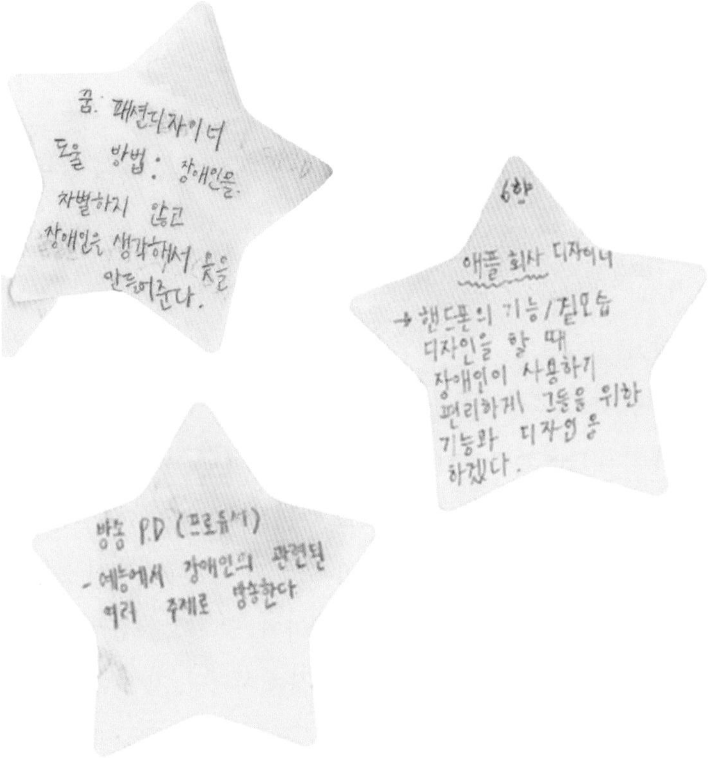

<학생들이 쓴 자신의 꿈을 통해 장애인을 잊지 않을 수 있는 방법>

너에게 보내는 편지

협교를 마치며 1년간 교실에서 함께 사랑을 만들어 갔던 학급 친구들이 특수아동에게 편지를 쓰는 활동을 했다. 아이들은 어떤 진심을 가지고 있었을까? 보이지 않지만 느낄 수 있었던 그 마음을 글로 확인할 수 있었다.

"승후야 고마워, 5년 동안 같은 반이어서 친구를 사랑하는 법을 배운 것 같아. 이제는 안 보이면 궁금하고 걱정이 되는 사이가 되었네. 나도 처음에 너와 같은 반이고, 같이 앉고, 이야기하는 것이 불편했어. 그래도 너가 나한테 다가와 줘서 고마워. 승후야, 나한테 고마워하지 않아도 돼. 나는 너하고 놀아 준 것이 아니라, 같이 놀았던 거야. 승후야, 고맙고 사랑해! 나 잊지 마!"

"너를 통해 불완전함의 아름다움을 알게 되었어. 우리는 모두 완전하지 않기에 서로 하나가 되어야 한다는 것도."

"너가 비록 때로는 우리보다 못하게 보일지라도 너의 안에 있는 너의 참모습은 그 누구보다도 아름다울 거라고 나는 믿어. 우리가 비록 힘들 때도 있었지만, 그렇기 때문에 더 아름다운 추억이 아닌가 싶구나. 중학생 때도 같은 반이 되었으면 좋겠구나."

아이들은 진짜를 발견했다.
상대의 겉모습으로 보이는 것이 아니라
그 안에 감추어진 보화를 아이들은 볼 수 있었다.

귀여운 이 에게

아 고마워. 5년동안 같은 반이에서 친구를 사랑하는 법을 배운것 같에. 이재는 안 보이면 궁금하고 걱정이되는 사이가 되었내. 나도 처음에 너와 같은 반이고, 같이있고, 이야기 하는 것이 불편했어. 그래도 너가 나한테 다가와 줘서 고마워. 너가 중학교를 가지 않아 걱정이 된다. 너하고 중학교 꼭 같이가고 싶었는대... 아, 나한테 고마워 하지 않아도 돼. 나는 너하고 놀아준것이아니라 같이 놀았던거야.

아 고맙고 사랑해! 나 잊지마! 중학교 잘지내!

이가.

〈6학년 단반 학생이 동규에게 쓴 편지〉

에게

아 지난 1년간 우리랑 같이 한교실에서 수업을 들어 준것 정말 고마워. 너가 비록 때로는 우리보다 못하게 보일지라도 너의 안에 있는 너의 참 모습은 그 누구보다도 아름다울거라고 나는 믿어. 우리가 비록 힘들때도 있었지만 그렇기 때문에 더 아름다운 추억이 아닌가 싶구나. 중학생때도 같은반이 되었으면 좋겠구나.

가

〈6학년 은반 학생이 승후에게 쓴 편지〉

에게

아 그동안 너무 잘 대해줘서
고마웠어. 이렇게보면 나는 너를
잘 챙겨주지 못한거 같아, 미안해.
너를 통해 불완전함의 아름다움을
알게되었어. 우리는 모두 완전하지
않기에 서로 하나가 되어야 한다는것도.
지난 1년간 너와 같은 반이 되서
정말 많은걸 배운것 같아. 어디를 가던
난 항상 응원할께

가

〈6학년 은반 학생이 정수에게 쓴 편지〉

교실에서 찾은 보물

속삭임

장애, 그게 뭘까?

대학 시절 나는 특수교육이라는 학문 앞에서 장애가 무엇인지 오래도록 고민하는 시간을 보냈다. 전공 서적에서 장애 유형별 정의를 쉽게 찾을 수 있었지만 학문적 정의에서 벗어나 장애의 참된 의미를 알고 싶었다. 세상에서 정의해 놓은 장애의 의미가 아니라 내가 정말 봐야 할 것이 무엇인지 궁금했다.

오랜 시간의 고민 끝에 내가 보게 된 것은 겉으로 드러나는 장애가 아니라 나 자신이었다. 아이들이 가진 장애가 아니라 내 안에 있는 엄청난 장애를 보게 되었다. 내 마음 안에 있는 욕심과 시기, 질투와 거짓. 이 어둡고 지저분한 오물 덩어리 같은 마음의 악함. 그것이 보이기 시작했다.

학창 시절 외로이 홀로 앉아 있는 친구의 옆에 선뜻 다가가지 못했던 비겁했던 내 마음. 도움이 필요한 친구를 앞에 두고 더럽다며 손가락질하는 이들에게 한마디 말도 전하지 못했던 부끄러운 그 모습. 나의 약함을 가려 보려고 진실함에서 벗어나 거짓으로 나를 채우려 애썼던 시절들. 상대를 있는 그대로 받아들이지 못하고 정죄와 판단의 늪에서 벗어나지 못했던 순간들. 내 안에 가득한 것이 바로 이것이었음을 마주하고서야 깨달았다.

진짜 장애는 눈에 보이는 것이 아니었다. 내 내면 안에, 우리 안에 있는 것이었다. 그것을 보지 못하고 장애를 정의해 왔던, 보이는 장애를 장애라고 분류했던 시절들이 생각나 한없이 눈물이 났다. 나의 교만함과 어리석음에 가슴을 쳤다.

장애는 누구에게나 있을 수 있음을. 장애는 눈에 보이는 것이 아님을. 그분 앞에 서면 감추어 두었던 마음의 중심만이 온전히 드러남을. 나는 이제 본다. 우리 모두가 그것을 볼 수 있게 된다면, 세상이 결정해 놓은 장애는 더 이상 남아 있지 않을지도 모르겠다.

아이들에게 보여 주기

내가 초등학교 5학년 때 교실에서 이런 일이 있었다. 같은 반 친구가 자신의 책상과 의자에 우유를 쏟았다. 지금 생각해 보면 경도 지적장애가 있었던 친구였다. 그 친구 주변에 있던 아이들이 우유를 쏟은 친구를 구박하며 의자를 넘어뜨렸다. 그때 봤던 아이들의 표정은 여전히 나의 기억에서 지워지지 않고 생생하다.

"아, 어떻게 할 거야! 빨리 닦아, 더러워!"

누구보다도 사나운 표정으로 소리를 지르는 그 친구들의 모습이 내게도 공포로 다가왔던 것 같다.

중학교 1학년, 교실에 한 친구는 항상 혼자 앉아 있었다. 이 친구도 경계선급의 장애를 가지고 있었던 것 같다. 친구는 점심시간은 물론이고 쉬는 시간마다 교실에서 홀로 시간을 보냈다. 혼자 앉아 있는 친구 주변으로 교실 안에 울려 퍼지는 아이들의 웃음소리는 내게 씁쓸한 슬픔이 남겨지게 했다.

학교에 있다 보면 내가 학생이었던 시절이 떠오를 때가 있다. 그때의 우리에겐 장애가 무엇인지, 장애를 가진 친구에게 어떻게 대해 주어야 하는지, 친구들의 행동이 어떤 의미가 있는 것인지 아무도 설명해 주지 않았다. 부당한 대우를 받고 있는 것 같은 우리 반의 어떤 친구를 위해 누구도 목소리를 내 주지 않았다. 사실 나는 답답했고 두려웠으며 혼란스러웠다.

아이들은 필요로 한다. 어른들은 아이들에게 보여 주어야 한다. 어떤 것이 올바른 행동이고 어떤 행동이 잘못된 것인지를 가르쳐야 한다. 어느 누구도 그들을 함부로 대해서는 안 된다는 것을. 우리는 약자를 함께 돌보아야 한다는 것을. 그들이 우리의 내면을 돌보기도 한다는 것을 전해야 한다.

우수한 성적이 개인과 공동체를 살릴 것 같지만 사실은 서로를 돕고 보살펴 주는 삶이, 함께 살아가는 삶을 살고자 애쓰는 몸부림이, 한 개인을 더 나은 사람으로 만들어 주고 공동체 안에 생명력을 가져온다는 것을 보여 주어야 한다.

진정 올바른 것이 무엇인지.
무엇이 세상을 바꿀 수 있는 빛과 소금의 삶인지.

교실에서

아이들 앞에서

교사 자신의 삶 안에서

보여 주고, 만들어 주고, 세워 가야 한다.

전공이 뭐예요?

전공이 무엇이냐는 질문에 특수교육이라고 답을 하면 이어지는 질문이 대체로 정해져 있었다.

"특수교육이 뭐예요?" "어떻게 그걸 하게 되었어요?" 이런 질문들에 덧붙여 듣는 칭찬 아닌 낙인이 있다면, "엄청 착하신가 봐요."라는 나를 겪어 보지 못한 이의 나의 성품에 대한 평가이다. 착해서 하는 일이 아닌데. 보통 이런 낙인을 함께 겪어 간다. 우리 아이들이 어떤 이들이기에 이들을 만나는 이들은 무조건 착해야만 하는 것일까. 참 많은 생각을 하게 되는 질문들이 특수교육을 전공으로 선택한 그때부터 지금까지 계속되곤 한다.

특수교육은 특수교육대상자의 교육적 요구에서 출발하는 교육이라고 볼 수 있다. 나는 여기서 아동의 요구가 아동 개인의 요구와 필요만이 아님을 현장에 와서야 알았다.

특수교육이 정말로 무엇일까?

학교에 와서 보니 아이들이 좋아서 시작한 이 일이 그저 아이들만 생각해서 될 일이 아니었다. 아이의 교육 가능성에 초점을 두고 교육적 성취를 끌어내는 것만으로는 아이의 삶의 반경을 넓히는 것에 제한이 있었다. 온전히 장애 아동만 생각해서는 더 나아갈 수 없는 것이 특수교육, 통합교육의 현주소였다. 결국 아이들을 위해서는 아이들 너머에 존재하는, 아이들이 생활하고 있는 그 주변의 모든 것으로 나의 시선을 넓혀야 했다.

특수교사라는 그 자리가 단순히 장애 아동만을 위한 자리가 아니라는 것이다. 장애 아동과 함께 살아가는 이들을 지원해야만 장애 아동이 지원을 받을 수 있었고, 장애 아동과 함께 살아가는 이들이 행복해야만 아이들이 행복할 수 있었다. 그렇기 때문에 특수교사는 장애 아동의 필요뿐만이 아니라 그 아이가 생활하는 교실의 필요, 아이와 함께하는 친구들의 필요, 담임교사, 전담교사 등 아이와 만나는 모든 이들의 필요에 민감해야 했다. 사실 특수아동의 필요만을 찾아내 분별하는 것만 해도 만만한 일이 아니다. 아동 개인에 대한 깊이 있는 관찰과 교제가 있어야만 가능한 일이다. 하지만 모든 이들이 그러하듯 아이는 공동체 안에서 살아가고 있기에, 아이를 위해서라면 나의 시선과 시야를 넓혀야 했다. 아이와 함께하는 친구들에게로, 아이가 생활하는 교실로…….

솔직히 처음엔 아이에게로 시선이 집중되어 주변이 보이지 않았다. 가끔은 속이 상해서 보고 싶지 않다고 눈을 감아 버리고 싶은 순간도 있었다. 기대하지 않았던 상황이나 주변 사람들의 반응들로 인해 마음이 다쳤던 시간들이 그러했다. 그럼에도 나는 장애 아동뿐만이 아니라 아동의 주변으로 시선을 넓히는 것을 포기하지 않았다. 이는 중앙에서의 통합이 많은 사람이 같이 만들어 가는 것이었기에 가능했다.

힘없이 무너지는 상황 앞에서도 발 벗고 나서서 힘을 더해 주는 특수 선생님들이. 상한 마음에 좌절될 때면 혼자가 아니라고 손을 내밀어 주는 담임 선생님들이. 지치고 외로울 때면 여전히 그 자리에서 동행해 주는 섬김이 선생님들이. 무력함에 넘어질 때면 응원과 격려로 힘을 전해 주는 학부모님들이. 그 옆에서 함께 살아가고자 손을 잡고 걸어가는 아이들이. 내 옆에 서 있었다. 아픔보다 더 큰 그들의 사랑이 이 자리를 지키게 했다. 주변을 돌아보니 특수교육이라는 내 전공은 함께 걷는 걸음이었고 혼자서는 절대로 할 수 없는 일이었다.

이제 나는
"전공이 뭐예요?"
라는 질문에 이렇게 대답하고 싶다.
"당신과 함께 걷는 일."
이라고.

꼭 해야 할까요?

교육 현장에서 통합교육을 왜 선택해야 하는가를 의문으로 던질 수 있다. 학급에 특수아동이 있을 때 생기는 에너지 소비와 인력의 필요, 인력을 위한 재정의 필요 등이 엄청나다고 생각되기 때문이다. 하지만 그 어떤 이유 앞에서도 통합을 하느냐 마느냐는 선택의 문제가 아니다. 사회는 장애가 있는 사람과 세상에서 장애가 없다고 정해 놓은 사람들이 모두 함께 살아가는 세상이다. 이것은 선택의 문제가 아닌 자연스러운 일이며 사회의 모습이다. 자연스러운 사회의 모습을 학교 안으로, 교실 안으로 가지고 오는 것이 통합이다.

학교와 학급에 장애 아동을 포함할 것인지, 포함하지 않을 것인지는 우리가 선택해 결정할 것이 아니다. 우리가 선택할 것은 통합을 위해, 함께 살아가기 위해 '무엇을' 할 것인가에 대한 문제이다. 도전되는 일인 것은 분명하지만 이것이 가져다주는 도전은 아이들 모두에게, 교실에 속한 모든 이들에게 선한 열매를 맺게 한다는 것을 나는 확신한다. 함께 살아가고자 고군분투하는 이들이 모이면 모일수록 이것은 가능해진다. 오늘도 우리는 이것을 '어떻게' 해 나가고, 이를 위해 '무엇을' 할 것인가를 고민하고 선택한다.

'꼭 해야 할까요?'라는 질문과 같은
자연스러운 모든 것에 대한 머뭇거림을 멈추고
통합교육 안에 숨겨진 보물을
더 많은 아이들과 더 많은 교사들이 누리게 되기를 바란다.

무엇을 배울 수 있을까요? 1

고학년으로 갈수록 통합학급의 수업 수준이 높아진다. 특수아동의 현행 수준에서는 아이가 이해하고 따라가기가 어려워지는 경우가 많다. 점점 더 격차가 벌어지는 통합학급에서 아이들을 지원하다 보면 내면 깊은 곳에서 슬쩍 얼굴을 내미는 고민이 있다. 특수아동에게 과연 통합이 효과적인가에 대한 고민이다. 사실 통합학급에서 아이들을 만나는 많은 선생님들이 이런 고민을 가지고 있었다. 아이가 통합학급에 있는 것이 맞는지, 아니면 수준에 맞는 개별 수업을 받는 것이 더 좋지 않을지 고민하는 것이다. 이곳에서 아이가 정말로 배울 수 있는지 의문을 갖게 된다. 충분히 누구나 고민해 볼 만한, 고민되는 것이 당연한, 그리고 고민이 있어야 하는 부분인 것 같다.

이 고민에 대해 나는 장애의 여부와 상관없이 교실에서 생활하는 아이들 모두에게 분명히 배움이 일어나고 있다고 답을 내렸다. 특수아동이 교실에서 수업을 전혀 듣고 있지 않다고, 주변을 보고 있지 않다고 여겨지더라도, 분명히 아이들은 듣고 있고 보고 있다. 선생님의 지시, 표정, 말투, 친구들의 말과 행동 등을 아이들은 전부 다 듣고 느끼고 생각한다. 아이는 이곳에서 자신과 함께하는 이들이 자신에게 가지고 있는 기대의 정도까지도 알 수 있다.

하루는 이런 일이 있었다. 학교에 음악 공연단이 초청된 날이었다. 수업 일과 중에 5학년 전체가 모여서 공연을 관람하기로 했다. 담임 선생님이 학급 아이들에게 말했다.

"우리 이제 베다니홀로 공연을 보러 갈 거란다."

그 반의 민준이가 선생님의 말씀이 끝나자마자 상기된 목소리로 대답했다.

"공룡?!"

선생님과 친구들이 깜짝 놀라 큰 소리로 웃었다. 밝고 애교 많은 민준이는 기억력이 좋고 악기 연주를 잘했다. 그런 민준이는 평소 교실에서 혼잣말을 많이 하곤 했다. 지루하고 힘이 들 때면 혼잣말을 하는 시간은 더 길어졌다. 선생님이 공연을 보러 간다고 말할 때 민준이는 조용히 혼잣말을 중얼거리고 있었다. 혼잣말로 인해 민준이가 주변의 소리를 듣지 않는 것처럼 보였다. 그런데 담임 선생님의 말이 끝나자마자 민준이가 반응을 한 것이다. 민준이에게 학교에서 공룡을 보러 간다는 것은 반응하지 않고서는 넘어갈 수 없는 이야기였을 것이다. 이 일화는 아동의 혼잣말이 곧 수업에서의 이야기를 들을 수 없음을 의미하는 것은 아님을 보여 준다.

아이들은 듣고 있다. 보고 느끼고 생각하고 있다. 배움이 일어나고 있는지, 자라고 있는지 의문이 들지만, 분명히 손톱이 자라듯 배우고 성장하고 있다. 다른 사람들과 함께 살아가는 환경이 어떤 환경인지, 전체가 수업을 듣는다는 것은 어떤 것인지 말이다. 그곳에서 개인은 어떻게 행동하는지, 내 친구들은 어떤 행동을 하고 있고, 나는 어떻게 행동해야 하는지를 아이들은 분명히 배우고 있다.

좌절이 되고 고민이 될 때마다 교사는 아이에게 가르치고 보여 주고자 하는 것과 기대하는 바를 명확히 해 놓는 것이 필요하다. 이를 위해 아이의 현행 수준과 개별화 교육 계획에 따른 세밀하고도 구체적인 장단기 목표가 매우 중요하다. 아이들에겐 교실에서의 작은 모든 것이 도전이 되고 그 도전에 대한 성취가 된다. 40분의 수업 시간 동안 아이가 내 눈을 한 번이라도 마주쳐 주는 것이 목표가 될 수도 있다. 교사가 이름을 불렀을 때 대답을 하며 손을 드는 것도, 정해진 시간 동안 자리를 이탈하지 않고 바르게 앉아 있는 것도 마찬가지다. 칠판에 적혀 있는 것을 보고 스스로 종이에 옮겨 쓰는 것, 친구들과 같이 모둠 활동에 참여하는 것 등 자연스러운 모든 것이 목표가 될 수 있다.

때문에 아이를 만나 가르침을 전하는 이들은 사소한 것으로 느껴지는 것이더라도 아이에게 꺼내 보여 주고 도전해야 한다. 비장애 아동이 배우듯, 장애 아동에게도 엄청난 도전이 던져지고 있으며, 끊임없는 배움이 일어나고 있다고 기대해야 한다. 그 기대는 아이에게 이런 메시지로 전해질 수 있다.

"나는 네가 배울 수 있다는 것을 알아.
너는 지금도 배우고 있어.
네가 나에게 어디서도 배울 수 없는 배움을 전하듯
나도 너의 배움에 함께하고 싶어."

무엇을 배울 수 있을까요? 2

교실에서 아이들은 수많은 가치를 배운다. 규칙과 규범, 질서와 예절, 배려와 양보 등 마땅히 지켜야 할 것에 대해 알아 간다. 이때 일어나는 배움은 가치 개념에 대한 지식적 차원의 앎으로 시작된다. 하지만 아이들을 양육하는 이들은 이것이 아이들에게 단순히 지식으로만 남아 있기를 바라지 않는다. 아이들이 생활 속에서 가치를 실현해 가고, 더 나아가 사랑을 주고받는 삶을 살기를 기대한다.

어른들의 기대처럼 배려, 양보, 사랑과 같은 가치가 아는 것에 머물지 않고 아이들의 삶에서 묻어나게 하려면 어떻게 해야 할까. 이 고민에 대한 답이 바로 통합교육이라는 것을 나는 중앙에서의 시간들을 통해 경험했다. 사실 나는 학창 시절에 진정한 통합교육을 어디서도 경험해 보지 못했다. 때문에 중앙에서 몸으로 직접 접하지 못했다면 통합교육의 가치는 전공 수업을 통해 학습한 이론과 이상으로만 머물러 있었을지도 모르겠다.

사랑, 인내, 양보, 온유, 차이를 수용하고 차별하지 않음. 틀림이 아닌 다름으로 여김……. 사실 귀가 따갑도록 듣고 배운다. 하지만 사랑을 머리로 안다고 해도 삶에서 한번 실현되지 않는다면 이는 진짜가 아닐 것이다. 중앙에서 아이들은 누가 시키거나 강요하지 않아도 함께 생활하며 사랑을 만들어 간다. 그 사랑은 아이들의 눈빛, 손짓, 표정 하나하나에 진실하게 담겨져 있다. 아이들은 머리가 아닌 삶의 모습으로 사랑을 그려 낸다.

대부분의 사람들이 통합교육은 특수아동 교육에 있어 효과적이며, 유익한 교육적 배치가 될 수 있다는 것에는 동의한다. 반면 비장애 아동에게 돌아오는 유익에 대해 많은 사람들이 의문을 제기한다. 나는 이 의문에 조금도 망설임 없이 말할 수 있다. 아이들은 세상의 어떤 교육으로 배울 수 없는 사랑의 가치를 배우고 있다고.

6학년을 담당하시는 한 담임 선생님은 3월 학부모 모임에서 꼭 이런 이야기를 빼 놓지 않고 하신다.

"특수아동과 함께 생활하는 것은 우리 아이들이 누리는 복입니다. 특수아동이 도움을 받는 것이 아니라, 학급 친구들이 특수아동에게 도움을 받고 배우고 있어요."

선생님은 내게 이렇게 표현한다.

"정말 돈 주고도 못 배우는 걸 애들이 배우는 거야."

정말 그렇다. 사랑은 오래 참고 온유하며 무례히 행치 아니하며 자기의 유익을 구하지 아니하고……. 이 값진 사랑을 삶으로 배운다. 아이들에게 사랑은 이상이나 허울이 아니라 실재가 된다.

친구가 있는 교실

아이들이 학교에 오고 싶은 이유가 무엇일까. 아이들은 학교에 무엇을 기대하고 올까. 통합학급에서 아이들에게 물어본다.

"얘들아, 학교에 올 때 뭐가 가장 기대되니?"

"수업? 친구들? 선생님? 무엇이야?"

아이들이 가장 많이 하는 대답은 바로 '친구'이다.

아이들의 대답에 이어 내가 다시 물었다.

"얘들아, 그렇지? 준성이도 그래. 준성이가 5학년 2학기 수학 교육과정을 완벽히 배울 것을 기대하며 학교에 올까? 아니면 고조선부터 조선시대까지의 역사를 정확히 파악해 보려고 학교에 다닐까?"

아이들은 자신감에 차서 힘차게 대답한다.

"아니요!"

내가 다시 물어본다.

"그러면 준성이는 왜 학교에 올까? 학교에서 가장 즐겁고 기대되는 것이 무엇일 것 같아?"

"친구요!"

"그래 맞아, 친구. 너희들이 바로 준성이가 학교에 오는 이유 중의 하나란다."

내가 아이들에게 답했다. 이는 나에게 하는 이야기와도 같았다.

그렇다. 장애 아동도 비장애 아동과 동일하다. 학교에 오고 싶은 이유가 무언가를 배우고 싶어서이기도 하겠지만, 대부분의 5, 6학년 또래 아이들이 그러하듯, 학급의 친구들이 좋아서, 친구들과 함께 하고 싶어서 학교에 온다. 아이에게는 그저 친구들과 같은 공간에서 함께 생활한다는 것이 학교에서 누릴 수 있는 최고의 기쁨이다. 나는 이 사실을 뒤로하고 아동의 교육적 필요에 친구보다 더 중요한 것이 있다고 생각했었다. 이런 나의 생각이 완전히 틀렸음을 6학년의 주현이를 통해 깨달았다.

6학년 2학기에 학년 전체가 영화를 보러 간 날이었다. 인원이 많다 보니 아이들의 좌석이 정해져 있지 않았고, 영화관에 들어간 순서대로 자유롭게 앉게 되었다. 그러다 보니 상대적으로 영화관에 늦게 들어간 학급이 앞쪽 자리에 앉게 되었다. 주현이네 반도 입장 순서가 늦어져 앞쪽 자리에 앉았다. 커다란 스크린 앞에서 앞자리는 분명히 목이 아플 것이었다. 나는 주현이가 좀 더 편하게 영화를 보는 것이 좋겠다 싶어서 다른 학급 친구들이 앉은 위쪽에 한 자리가 남았다며 주현이를 데리고 왔다. 주현이가 위쪽으로 자리를 옮기고 앉았는데 순간 주현이의 의견을 묻지 않았다는 것이 생각나 주현이에게 가서 다시 물어봤다.

"주현아, 누구랑 앉아서 보고 싶어? 선생님? 친구들? 여기에도 자리가 있지만 주현이가 원하는 자리에서 봐도 괜찮아."

내 말이 끝나자 주현이는 친구들 쪽을 보면서 일어났다.

"친구들이랑 볼래요."

주현이는 뒤쪽의 편한 자리에서 일어나 같은 학급 친구들이 있는 앞자리로 이동해 친구들 옆에 앉았다. 영화를 보는 내내 목은 불편했을지 모르지만 주현이는 즐거웠을 것이다.

사실 나는 주현이의 대답에 깜짝 놀랐다. 아동에 대한 지원이라는 이유로 아이가 간절히 원하는 관계의 필요를 놓치고 있었다는 것을 제대로 깨달았다. 교실에서도 마찬가지였다. 아동을 지원하는 이들이 아동을 친구들에게서 분리하는 역할이 되지 않도록 한번 더 생각해야 했다. 사실 아동을 지원하는 성인 인력이 아동에게 가까이 가면 갈수록 아이는 친구들에게서 멀어지게 되는 경우가 많다. 나는 특수교육실무사, 봉사자 선생님들께 이런 요청을 더 자주 하게 되었다.

"보이지 않는 손과 발, 그림자 같은 위치에서 지원을 부탁 드려요.

친구들이 우리 아이가 함께 생활하고 있다는 것을 잊지 않을 수 있게요."

보이지 않는 그림자라니. 어렵게만 느껴지는 표현이지만 이것만큼 정확한 표현도 없다. 아동에게는 수업에서 다뤄지는 내용이 너무 복잡해도, 남들과 다르고 부족하게 느껴지는 순간이 있을지라도, 학교는 친구가 있는 공간이어야 했다. 제공하려는 지원이 아동에게서 친구와 함께하는 즐거움을 지켜 주는 것인지 아니면 친구와 분리하는 지원인지를 분별하는 것이 필요했다. 이를 위해서는 기억해야 했다. "친구랑 볼래요."라는 망설임 없는 주현이의 대답을 말이다.

담임 선생님, 가장 소중한 동역자

통합교육을 위해서 이뤄지는 많은 이들의 협력 가운데 담임교사와 특수교사의 협력은 가장 중요한 요소라고 볼 수 있다. 특수아동이 학교에서 가장 많은 시간을 보내는 곳이 통합학급이기 때문이다. 아이들이 그렇듯이 중앙에서 특수교사는 담임교사와 정말 많은 시간을 함께한다. 특수교사가 학년에 배치되어 각 학년 담임교사들과 한 팀이 된다. 특수교사는 학년 회의, 행사, 모임에 언제나 함께한다. 이 과정에서 특수교사는 담임교사와의 소통에 많은 에너지를 사용하게 된다. 각기 다른 담임 선생님과 소통하고 협력한다는 것은 나에게도, 협력하는 이들 모두에게도 도전이 되기도 한다. 그럼에도 이 협력을 이어 갈 수 있는 것은 담임 선생님들의 헌신과 노력이 있기 때문이다. 담임 선생님들은 통합을 위한 움직임에 적극적으로 동참한다. 선생님들은 교실에서 특수아동의 마음에 귀를 기울이고, 특수아동의 편에서 목소리를 낸다.

선생님들 중에는 새 학기의 첫날 교실에서 특수아동을 소개하며 "우리가 윤성이, 현우와 함께할 수 있는 것이 축복이다." "우리가 배울 것이 더 많은 친구들이다."라고 전하는 선생님이 있었다. 선생님은 학년 선생님들에게 첫만남 행사(새 학년이 시작되기 전 2월 중에 담임교사가 특수아동을 먼저 만나는 날)를 위해 기도하자며 기대하는 마음을 전하기도 했다. 교실에서 시험이나 과제가 있을 때면 "우리 아이는 어떻게 참여하는 게 좋을까요?"라고 특수교사에게 물어보며 같이 고민하는 선생님도 있다. 체육대회를 할 때면 특수아동의 실력이 부족하더라도 "꼭 우리 반 경기에 같이 참여하는 것"이라고 정해 놓는 선생님이, 아이에게서 진보와 성장이 발견되었다며 특수교사를 찾아와 보람을 나누는 선생님이, 아이의 장점과 가능성을 찾아 틈틈이 공유해 주는 선생님이 중앙에는 있다.

수많은 업무로 분주함에도 담임 선생님들은 특수교사와 의논하고 협력하는 것을 멈추지 않는다. 물론 그렇다고 해서 학급의 비장애 아동을 돌보지 않는 것이 절대 아니다. 서로 다른 아이들이 손과 발을 맞춰 가며 서로의 다름을 받아들이고 깊이 사랑하는 관계가 되도록 돕는다. 교실에서 특수아동과 가장 많은 시간을 함께하는 담임 선생님의 열정과 사랑이 특수교사에게 전해진다는 것만큼 힘이 되는 것이 있을까. 이는 다른 모든 이들과의 협력도 수월하게 만드는 능력이 된다.

물론 서로의 입장이 달라 협력의 과정이 쉽지 않을 때도 있다. 그럴 때면 한참을 끙끙 앓고는 위축되는 나를 보게 된다. 소통이 잘 되지 않기도 하고, 마음을 열고 협력하기까지 굉장히 많은 시간이 걸리기도 한다. 때로는 내가 할 수 있는 것이 곧 아이를 향한 내 마음을 전하는 것뿐이기도 했다. 나는 내게 이 아이가 얼마나 소중한지, 얼마나 중요한 존재인지를 눈빛과 표정으로, 말과 행동으로 표현했다. 그러다 보면 어느새 담임 선생님도 아이를 향한 사랑의 문을 열고 있는 것을 느낄 수 있었다. 담임 선생님들의 사랑은 곧 학급 친구들의 사랑으로 이어진다. 교실은 참 놀랍게도 선생님의 마음이 곧 아이들의 마음이 되고, 아이들의 마음이 선생님의 마음이 되기도 한다. 교실 안에서 흐르고 있는 이 사랑은 더는 할 수 없을 것 같았던 협력을 다시 가능하게 한다. 이렇게 세워가는 동역은 아이들이 우리에게 주는 또 하나의 선물이 된다.

흔들림 없는 뿌리 깊은 가치관

6학년 1학기를 마치며 학기말 IEP 회의가 있었다. IEP는 개별화 교육계획(IEP, Individualized Education Plan)의 줄임말이다. 개별화교육계획은 특수교육 대상자 개인의 장애 유형 및 장애 특성에 적합한 교육목표, 교육방법, 교육내용, 관련 서비스 등이 포함된 계획을 수립하여 실시하는 교육이다.[6] 이를 위해 중앙에서는 학기 초, 학기 말에 IEP회의 모임을 열어 1년에 총 4번의 회의를 가졌다. 회의에는 담임교사, 특수교사, 학부모 이렇게 세 사람이 함께 모인다. 아이의 학교와 가정에서의 생활에 대해 이야기를 나누며 교육 방향을 세워 갔다. 이 시간은 아이를 바라보는 각기 다른 색깔의 시선이 아이를 향한 사랑이라는 같은 색깔이었음을 확인하는 시간이 된다.

민서의 IEP 평가 회의를 위해 민서의 담임 선생님과 민서 어머니

6 장애인 등에 대한 특수교육법 제2조 제7호.

를 만났다. 한 학기를 돌아보며 대화를 나누는 중에 민서의 어머니가 속마음을 표현했다. 민서가 다른 친구들처럼 악기를 연주하는 것도 아니고 그림을 그리는 것도 아니라 특별히 할 수 있는 재능이 없다며 속상함을 내비친 것이다. 나는 어머니의 답답함이 느껴져 어떤 말을 전해야 할지 순간 고민이 되었다. 그런데 민서 어머니의 말이 끝나자마자 담임 선생님이 바로 이야기를 시작했다.

"어머니, 민서는 저희 교실에서 함께 생활하는 것 자체로 사역을 감당하고 있어요. 비장애 친구들의 성숙을 돕고, 서로가 서로를 섬기는 것을 자연스럽게 배우고 익히도록 돕고 있는걸요. 아이들은 여기서 민서와 함께하면서 배운 것들을 사회에 나가서도 기억하게 되어요. 사회에서 만나는 이들에게 어떻게 행동해야 할지 아이들은 민서를 통해서 배우고 있어요."

조금의 주저함 없이 전해지는 선생님의 말을 듣는데 가슴이 마구 뛰었다. 갑자기 잊고 있었던 3월의 일이 생각났다. 새 학년의 새 학기가 시작하는 3월의 첫날, 민서의 담임 선생님이 반 아이들에게 해준 이야기가 있었다. 선생님은 아이들에게 6학년 생활에 대해 소개한 후에 준하와 민서에 대한 이야기를 꺼냈다.

"애들아 준하, 민서가 우리 반에 있는 것을 감사해야 해. 너희가 누리는 축복이야. 가장 낮은 자에게 하는 것이 예수님께 하는 것과 같다고 성경에 나와 있지. 우리가 예수님과 가장 가까이 지내고 있다고 생각하면서 행동하렴. 나중에 예수님께서, 길동아, 내가 6학년 은반에서 준하, 민서의 모습으로 너와 함께하였는데 그때 나에게 어떻게 했었니? 물으시면 어떤 대답을 할지 생각하며 행동하렴."

정신없이 바빴던 개학 첫날이었지만 선생님의 말은 내 기억에 또렷하게 남아 있었다. 그날 나는 종일 선생님의 이야기를 곱씹었다. 어떤 말로 담아낼 수 없는 여러 가지 감정들이 내 안에 전해졌다. 3월의 첫날, 첫 단추를 끼우는 이 날에 어떻게 이런 이야기를 할 수 있을까. 얼마나 단단하고 깊이 있는 철학이 선생님 안에 존재할까. 우리가 함께할 수 있음이 감사라고, 대답할 것을 준비하며 행동하라고……. 이제 겨우 교직 첫해를 지나 둘째 해를 보내고 있는 내게 선생님의 말은 정말 많은 것을 생각하게 했다. 새 학기의 첫날 교실에 전해진 선생님의 뿌리 깊은 가치관과 철학은 민서 어머니와 나누는 이야기에도 동일하게 담겨 있었다. 전하는 말뿐만이 아니라 그 안에 담겨 있는 선생님의 눈빛, 말투, 목소리 모든 것에서 그 깊이를 느낄 수 있었다. 통합교육을 가능하게 하는 힘은 바로 이 흔들림 없는 철학이라는 것을 다시 새겨 본다.

선생님, 사회에 '사랑이'가 어디 있어요?

통합학급의 교실에는 여러 가지 역할이 있다. 그중에서도 중앙의 각 학급에는 대부분 놀이친구라는 역할이 존재한다. 나는 이 놀이친구 역할에 '사랑이'라는 이름을 붙였다. 사랑이 역할은 학급의 분위기나 상황에 따라, 특정 학년에 따라 잘 지켜지기도 하고, 그렇지 않기도 했다.

5학년의 은서는 워낙 사회성이 좋은 편이라서 친구들과 좋은 관계를 유지하는 아동이었다. 은서는 특별한 지원 없이도 친구들과의 상호작용을 스스로 할 수 있었다. 저학년 때는 놀이친구 역할 없이도 원만한 또래관계를 유지했다. 은서가 고학년에 올라오면서 학급 아이들에게도 변화가 생길 것을 대비해 교실에 만들어 놓은 사랑이 역할을 일단 운영해 보았다. 그런데 생각보다 사랑이 역할은 잘 지켜지지 않았다. 은서는 자기가 원하는 친구에게 먼저 다가가기도 하고 다른 반에 가서 친한 친구를 불러 같이 놀기도 했다. 교실에서는 친구들이 각자 시간을 보내기 바빠서 특별히 은서를 챙기거나 은서에게 먼저 놀자고 하는 빈도는 점점 줄어들었다. 은서가 스스로 관계를 형성해 가기는 했지만 내게는 학급 친구들이 사랑이 역할을 더 잘 해 주었으면 하는 바람이 있었다. 시간이 지날수록 어떻게 지원할 수 있을지 나의 고민은 커져 갔다.

그러던 어느 날 하교 시간에 은서 어머니를 만났다.

어머니와 대화를 나누던 중에 은서의 친구 관계에 대한 이야기가 자연스럽게 이어졌다.

"요즘 교실에서 사랑이 역할을 하는 친구가 없는 편이에요. 은서가 이야기하나요?"

나의 질문에 어머니가 대답했다.

"사랑이가 자기랑 안 놀아 준다고 하더라고요"

"맞아요. 어떻게 도울지 고민이에요."

내 말이 끝나자마자 어머니가 이런 말을 꺼냈다.

"선생님, 사랑이 없어도 돼요. 사회에 사랑이가 어디 있어요? 제가 은서한테 말했어요. 친구들이 너랑 왜 놀아 줘야 해? 혼자 놀 때도 있는 거야. 그럴 때는 스스로 시간을 보내는 방법을 찾아봐. 걔네가 너랑 왜 맨날 놀아 줘야 하니? 하고요."

어머니의 이야기를 듣는데 나의 온 신경이 곤두섰다. 지금껏 들어 보지도, 생각해 보지도 못했던 새로운 관점이었다. 내가 놀란 것을 느끼셨는지 설명을 덧붙이셨다.

"선생님, 저는 은서가 혼자 할 수 있었으면 좋겠어요. 친구들이 도와주지 않고 기다려 주고, 조금 더 시간이 걸려도 혼자 해 보고, 친구들이 놀아 주지 않아서 함께 놀 친구가 없는 순간도 은서가 다 경험해 보고 겪어 봤으면 좋겠어요. 괜찮아요. 저는 집에 은서 친구들이 놀러 와서 은서랑 함께 놀고 있을 때도 친구들에게 특별히 은서만 봐주거나 은서가 떼쓰는 것 받아 주지 말라고 해요. 사회에 사랑이가 어디 있어요? 그렇잖아요, 인생에 사랑이가 어디 있어요?"

그 뒤로도 오래도록 한 문장이 생각났다.

"사회에 사랑이가 어디 있어요?"

사회에 사랑이가 있는 것이 맞는 걸까, 사랑이가 없는 사회에 우리 아이들이 적응하는 것이 맞는 걸까.

나는 아이들에게 사랑이가 없는 사회를 가르쳐야 할까.

그렇다면 어디까지 가르쳐야 할까.

끝나지 않는 고민은 지금도 지속되고 있다.

십자가

윤성이와 현우가 없어졌다. 점심시간이 끝날 때쯤 참반 아이들이 나를 찾아왔다. 현우, 윤성이와 놀려고 했는데 아무리 찾아도 어디에 갔는지 없다는 것이다. 놀이터나 화장실 등 자주 가는 곳 어딘가에서 놀고 있겠지 싶어 천천히 애들을 찾으러 갔다. 주로 가는 곳에 가 보고 건물 이곳저곳을 살펴봤다. 아이들은 보이지 않았다. 점심시간이 끝나 5교시 수업이 시작됐다. 담임 선생님도 아이들을 찾으러 다니셨지만 아이들은 없었다.

결국 교내의 많은 선생님들이 같이 흩어져 아이들을 찾기 시작했고 교내 방송까지 나갔다. 교직원 메신저에는 아이들 사진과 함께 아동을 찾는 안내가 나갔다. 윤성이와 현우를 찾기 시작한 지 30분이 넘어가면서 나는 점점 두려웠다. 아이들 부모님께 전화를 드리는데 손이 떨리고 눈물이 쏟아질 것 같았다. 어찌나 끔찍하고 두렵던지 온갖 생각이 다 들었고 절박함에 기도가 절로 나왔다. 아이들을 찾으며 고백했다.

"정말 제 목숨이 이제 다해도 좋으니, 저는 없어져도 좋으니, 이 아이들이 없어지는 일은 절대 생기지 않게 해 주세요. 제가 지금 없어져도 좋으니 저는 없어지게 하시더라도 이 아이들은 찾게 해 주세요."

눈물이 나는 것을 꾹꾹 참으며 애들을 계속 찾았다. "현우야~ 윤성아~" 부르는데 정말 마음이 힘들었다.

윤성이 아버님의 도움을 받아 윤성이가 가지고 있었던 핸드폰의 위치를 확인해 보니 교내 밖으로 나간 것이 확실해졌다. 체육 선생님들께서 바로 밖으로 뛰어나가셨다. 아이들이 없어진 지 1시간 30분 정도가 지났을 때였다. 길에서 함께 걷고 있었던 현우와 윤성이를 체육 선생님들이 찾았다. 둘이서 학교 뒤에 있는 산을 통해 학교에서 걸어서 20분 이상 가야 하는 지점까지 다녀왔다는 것을 알게 되었다.

아이들을 찾았다는 소식을 듣자마자 긴장이 풀리며 참았던 눈물이 터져 나왔다. 눈물이 앞을 가려 아이들 얼굴이 잘 보이지 않았다. 특수교사로 근무하며 이렇게 긴 시간 동안 아이들을 찾지 못했던 적은 처음이었다. 정말 피가 거꾸로 솟는 것 같았던 순간이었다. 아이들의 얼굴을 보는데 온몸에 긴장이 풀렸다. 아이들이 눈앞에 있다는 것에, 안전하게 아이들 그 모습 그대로 돌아와 있다는 것에 정말 감사했다.

안도감에 기쁘고 감사하긴 했지만 순간적으로 극심한 스트레스와 공포에 싸여 있었던 나는 시간이 지나도 계속 마음이 좋지 않았다. 다음 날에도 놀란 가슴이 진정이 되지 않는 것 같았다. 불편함 마음을 이끌고 퇴근 후 집 근처 교회로 수요예배를 드리러 갔다. 예배를 드리며 묵상하는데 이 일을 통해 내가 깨닫길 원하시는 메시지가 있을 것이라는 마음이 들었다. 잠잠히 주님 앞에 기도하는 중에 내가 어린이들을 찾으며 했던 기도가 떠올랐다.

"하나님! 제가 지금 없어져도 좋고 지금 제 목숨이 이제 다해도 좋으니 제발 이 아이들이 없어지는 일만은 일어나지 않게 해 주세요."라고 고백했던 그 기도. 정말 차라리 내가 죽는 것이 아이들이 없어지는 것보다 낫다는 생각에서 저절로 나온 기도였다. 그렇게 고백할 수밖에 없었던 당시의 내 마음이 생생했다. 동시에 곧 그 마음이 죄 앞에, 죄에 빠져 죽어 가는 나를 보시는 예수님의 마음이라는 깨달음이 내 안에 찾아왔다. 죄로 인해 죽을 수밖에 없었던 딸의 죽음 대신, 주님이 택하신 그 십자가의 사랑이 선명하게 다가왔다. 그 사랑에 목이 메고 눈물이 나서 고개를 숙일 수밖에 없었다. 아이들을 잃게 되느니 죽음을 택하고 싶었던 그 생생한 간절함이 오버랩되었다. 죄로 인한 죽음으로 딸을 잃느니 십자가를 택하셨던, 죽음밖에는 길이 없었던 그 사랑에, 그 완전하고도 값없는 사랑에 한참을 울었다. 아이들 앞에서 나는 십자가를 다시 만났다. 아이들을 통해 더 선명해진, 거저 받은 이 사랑을 아이들과 더 깊이 나누는 삶을 살아 낼 수 있었으면 좋겠다.

특수교사

특수교사의 정체성이 '교사'라는 것을 끈질기게 붙들고 싶을 때가 있다. 아이들의 존재적 가치를 먼저 외쳐야 하는 이 시대에서 장애 아동의 교육을 위한 전문가로 살아가기에는 갈 길이 멀다. 교육에 앞서 존재 가치를 세워야 하고, 존재 가치에 이어 기본적인 생활에 대한 돌봄이 기다리고 있다. 장애 아동의 교육을 논하기에는 복지의 속도가 더디다고도 볼 수 있겠다. 그럼에도 특수교사의 정체성은 지극히 개별화된 개인의 필요에 반응하는 교육에 있다. 여전히 사회에서는 장애인의 교육 가능성과 교육 필요성은 생소한 영역으로 남겨져 있다. 특수교육 현장에 대해 이야기하며 "아이들과 노는 거 아니야?"라고 되묻는 사람들도 많다. 이런 현실 앞에서 나는 특수'교사'로서의 정체성이 더 간절하고도 무겁게 느껴진다.

많은 사람들이 장애 아동을 장애로 인해 배울 수 없는 사람으로 생각한다. 아동에게서 관찰되는 모든 행동을 변화될 수도 교육될 수도 없는 장애의 문제로만 여긴다. 장애는 어쩔 수 없기 때문에 사회에서 분리되어야 하거나, 그들을 향한 무조건적인 돌봄과 지원만이 답이라고 생각하기도 한다. 물론 장애는 치료되어 없어져 비장애인이 유지하는 상태나 상황으로 변화되는 것이 아니다. 장애 아동의 필요와 특성에 맞게 상황과 환경을 조절하고, 구조화해야 하는 것도 분명히 있다.

하지만 한 개인에게서 관찰되는 대부분의 행동은 학습에서 비롯되었다고 볼 수 있듯, 장애 아동도 마찬가지라는 것을 특수교사는 알고 있다. 때문에 특수교사는 장애 아동이 매 순간 학습할 수 있고, 학습하고 있으며, 앞으로도 학습해 갈 것임을 끊임없이 생각한다. 아동의 아주 작은 행동 반응에도 '나는 네가 배울 수 있다는 것을 알아, 나는 너에게 이런 행동을 기대하고 있어.'라는 메시지를 아동에게 온몸으로 전한다.

아동의 현행 수준에서 아동이 한 발 더 나아갈 수 있다는 믿음을 가지고 아이를 가르치고, 기다리고, 기대하는 사람들이 특수교사인 것이다. 때로는 특수교사가 아닌 누군가가 장애인, 장애 아동에게 갖는 기대와 그 기대에서 비롯되는 행동과 반응은 특수교사가 가진 것과는 매우 상반된다. 그래서인지 아동에 대한 특수교사의 기대와 요구가 아동의 장애를 고려하지 않거나 긍휼히 여기지 않는 것처럼 비춰질 때가 종종 있는 것 같다. 하지만 특수교사는 아동의 장애의 여부를 떠나 아동이 얼마나 큰 가능성을 지니고 있는지, 스스로 해낼 수 있는 최대치가 어느 정도인지를 정확히 알고 있다. 그것을 끌어내어 아이 스스로에게, 세상에 보여 주고 싶은 이 마음이 특수교사의 정체성이 되기도 한다.

내가 누리고 있는 독립적인 삶, 동시에 의지적인 이 삶을 우리 아이도 누릴 수 있기를 바라는 이 움직임이 교육이라는 이름으로 온전히 분리될 수 있었으면 좋겠다.

용어에 대한 집착

특수교육 학문을 처음 접했던 대학 1학년 시절에 배운 '사람이 먼저인 용어(person-first language)'는 이 학문의 방향성이 온전히 사람 중심에 있다는 것을 보게 했다. 이것은 내게 정말 매력적으로 다가왔다. 장애인, 장애가 있는 사람. 우리말로 표현하면 장애가 먼저 오는 용어들뿐이었지만 특수교육 개론을 배우며 만난 person with a disability에서의 person의 위치는 매우 중요했다. disabled people이 아니라, people with disabilities와 같이 사람을 먼저 오게 하는 것이다.

자신의 이름을 쓸 수 없는 사람이 아니라, 컴퓨터나 휴대폰으로 이름을 보여 주거나 작성할 수 있는 사람으로 표현하는 것도 마찬가지였다. 말을 못하는 것이 아니라 수화로 또는 표정, 눈빛, 도구 등의 다른 방식으로 의사소통을 '할 수 있는' 사람으로 표현하는 것은 정말 중요한 문제였다. 다운증후군이 있는 정훈이가 아니라, 그저 정훈이라고, 노래를 좋아하고 춤을 잘 추는 정훈이라고 표현한다. 지적장애가 있는 소현이가 아니라 그림을 잘 그리고, 친구들을 좋아하는 6학년 향반 친구 소현이라고 소개한다. 여기엔 보이지는 않지만 뿌리 깊은 가치관과 철학이 담겨 있었다.

장애인의 반대말이 정상인이 아니며 자신이 정상인의 범주에 속하는 것이 아니라는 것을 많은 이들이 놓치고 있음도 보게 되었다. 정상인이라는 것은 어느 누구도 기준을 세울 수 없음을, 정상과 비정상으로는 어떤 누구도 분류될 수 없음을 기억해야 했다.

그 뒤로는 사람들과 대화중에 흔하게 등장하는 사소한 어휘에도 나는 민감한 반응을 보였다. 특히 '정상이야?' '멀쩡해?'라는 대화에 담겨 있는 편견과 공격적인 의미에(상대는 공격하려고 사용한 것은 아니지만) 속상함을 애써 감추며 용어가 잘못되었음을 꼭 설명할 수밖에 없었다. 버스나 지하철을 이용하다 보면 중고등학생들이 가끔 애자(청소년들 사이에서 장애인을 비하하는 말로 사용되는 욕설)라는 말을 사용하곤 했는데, 그 낱말을 들을 때마다 나도 모르게 마음이 상했다. 그만큼 언어 내면에 깊이 스며든 편견과 잘못된 인식의 힘은 매우 강했다.

중앙에서 근무하며 내가 집착 아닌 집착을 하게 된 새로운 낱말이 있었는데 그것은 바로 '지원실'이라는 말이다. 중앙의 특수학급 이름인 통합교육지원실에서 시작된 말이었다. 학교 내에서 장애 학생을 지칭해야 할 때면 거의 공식적인 어휘로 사용될 만큼 익숙하게 사용되고 있었다. 장애 학생의 부모님도 '우리 지원실 애들은'이라고 표현할 만큼 중앙만의 언어가 되었다. 그런데 교실 이름이기도 한 이 낱말을 학생을 지칭하는 데 사용하는 것은 적절하지 않다는 문제가 특수교사들 안에서 자주 논의되었다. 논의가 반복되었지만 용어를 바꾼다는 것은 그리 쉬운 일이 아닌 것 같았다. 아이들을 위한 지원을 논의하기 위해서는 장애 학생을 지칭하는 일이 생길 수밖에 없다. 그렇다면 장애 학생으로 표현해야 할까, 특수아동으로 해야 할까, 다른 어떤 언어가 사용될 수 있을까 하는 고민이 내 안에서도 계속되었다. 사실 개인적으로도 고민이 아직 끝나지 않았고 중앙의 문화 안에서도 그러했다.

고민하며 곰곰이 생각해 보니 언어가 곧 우리의 가치관이고 정체성이라는 것을 더 선명하게 느낄 수 있었다. 중앙에서 장애 학생의 소속은 통합교육지원실이 아니라 통합학급이었다. 담임교사에게도 스물일곱 명의 내 아이와 한 명의 장애 학생이 아니라, 스물여덟 명의 우리 아이라는 가치를 계속 세워 갔다. 그러다 보니 공식적으로 장애 학생을 지칭하는 것이 필요할 때면 차마 우리 아이를 '장애' 학생이라고 분류해 표현할 수 없는 마음이 느껴졌다. 대신에 이 공동체에서 친숙하면서도 순화된 표현으로 여겨지는 '지원실'이라는 명칭이 자리 잡은 것 같았다. 그럼에도 나는 아이들을 교실의 이름으로 묶어서 표현하는 것이 편하지만은 않았다. 장애라는 표현이 갖고 있는 색깔과 이미지를 어디서부터 어떻게 정리해야 '올바르게' 사용되고 받아들여질 수 있을지 고민이 계속되었다. 고민 끝에 나는 학교에서 공식적으로 말을 해야 할 때면 특수아동이라는 표현을 사용하게 되었다. 어쩌면 그저 내게 더 친숙하고 서비스 지원을 위한 용어에 더 가깝다고 여겨지기 때문인데, 아직도 어떤 것이 옳고 그르다고 말하기는 어렵다고 생각된다.

누군가는 내게 이렇게 오래도록 고민하고, 생각해 볼 만큼 중요한 문제이냐고 물을 수 있겠다. 용어에 대한 지나친 해석이라며 지적할 수도 있겠다. 하지만 용어에 대한 집착은 아마 앞으로도 더 깊고, 선명해질 것 같다. 우리 안에 장애인을 장애인이라고, 나도 너도 정상도 비정상도 아니라고, 다른 어떤 의미도 없이 나눌 수 있는 그날이 올 수 있을 때까지 말이다.

매일의 용기

누군가에게 나의 필요를 솔직하게 말하고 요구하는 것은 나에게 있어 자연스럽게 나오는 행동은 아니다. 상대가 불편하지는 않을지, 상대의 감정이 어떨지 살피느라 무언가를 요청하는 것이 쉽지 않았다. 도움을 구하느니 그냥 스스로 견디고 해결하는 것이 편하다고 생각하며 살아왔던 나였다. 더욱이 다른 이들이 먼저 꺼내지는 않는 문제, 어쩌면 관심이 없는 것 같기도 한 그런 주제를 내가 먼저 꺼내서 모두의 일로 만드는 것은 쉽지 않은 일이었다.

그런 내게 아이들과 함께하면서 새로 생긴 것이 있다. 누구도 어린이들을 기억하지 못하고 잊어버린 것 같은 순간에도 아이들의 목소리를 내고자 하는 용기, 용감함이다. 스스로는 자신의 요구와 필요를 말할 수도, 전할 수도 없는 이 아이들 앞에서 끊임없이 아이의 존재를 알리고, '이 어린이가 여기에 있어요.'라고 소리를 내야 했다.

장애인보다 비장애인이 다수인 공동체에서 어쩔 수 없이 발생하는 소외와 분리가 중앙에도 있다. 비장애 아동을 위한 프로그램이 먼저 논의되고 비장애 아동을 위한 교육과정이 중심이 되어 학교는 돌아간다. 이곳이 특수학교가 아니기 때문에 이는 사실 자연스러운 일이다. 비장애인이 절대 다수인 이 공동체에서 특수교사들은 비장애인과 장애인, 장애 아동과 비장애 아동의 중간 다리 역할을 하게 된다. 때문에 어떤 회의나 행사, 활동 속에서도 '특수아동은?'이라는 질문이 특수교사의 사고를 가득 채우고 있다. 이것을 나만의 생각으로 안고 있는 것이 아니라 사람들에게, 공동체에게 '특수아동은 이렇게 할게요.' '특수아동이 여기 있어요.' '특수아동은 이렇게 참여할 수 있어요.'라고 끊임없이 알린다.

현장학습을 갈 때면 '아이가 같이 다니는 모둠 친구들을 한번 더 살펴봐 주세요.' '휴게소 주차장에서 갑자기 뛰어나갈 수 있으니 살펴 주세요.' '출발하기 전에 화장실 한번 다녀올 수 있게 도와주세요.' '용돈을 사용하다가 분실할 수도 있어요. 확인해 주셔야 해요.' '친구들이 매점에서 간식을 사 먹거나, 기념품을 살 때면 본인도 무언가를 사고 싶은데 표현하지 못할 수 있어요. 한번 물어봐 주셔요.' 현장학습 한 번에 내가 공유하는 것의 지극히 일부분만 적어도 이 정도이다. 고학년 정도가 되면 비장애 아동은 대부분 스스로 하는 행동들이기 때문에 장애 아동에게 이런 도움이 필요하다는 것을 누군가는 잊는다. 내가 챙기고 살펴볼 수 있는 부분도 많지만, 각 반에 흩어져 있는 특수아동을 나 혼자 동시에 챙기는 것은 불가능하다. 때문에 이 일은 공동체가, 다른 누군가가 함께해 주지 않으면 누구도 할 수 없는 일이 된다.

손을 내밀고 필요를 전하는 것은 여러 번의 고민 끝에 꺼내는 용기가 되기도 한다. 이미 충분히 많은 업무의 양으로 벅찬 누군가에겐 부담이 될까, 감당하기에 어려운 번거로운 일이 될까, 누군가에겐 이렇게까지 장애 아동이 포함되어야 하는지를 고민되게 하는 일이 될까 하는 답답하고 복잡한 고민의 터널을 뚫고 지나간다. 그래도 이 용기가 아니면 자신에게 주어진 것을 충분히 누릴 수 없는 아이들이 있기에 오늘도 나는 용기를 꺼내 전한다. 어느새 나의 일상이 된 매일의 용기를.

거름종이를 거치는 사고과정

학교에 있다 보면 매일의 용기가 어느새 나의 정체성과 사고과정이 되었다는 것을 느끼게 된다. 학년 회의 시간에 어떤 내용이 언급될 때마다 내 머릿속에서는 '우리 아이는?' '특수아동은 어떻게 참여할 것인가?' 하는 질문과 함께 여러 가지 생각들이 멈추지 않는다. 심지어 때로는 어린이들이 그 상황을 마주한 모습의 이미지가 머릿속에 그려지기도 한다. 마치 내 머릿속에 어떤 것을 넣어도 '특수아동의 참여 방법'으로 걸러져서 나오는 거름종이가 존재하고 있다고 느껴질 때도 있다. 수학, 미술, 음악, 체육, 영어 등등 각 과목에서의 활동, 숙제, 수행평가, 단원평가, 자리 배치, 체육대회, 현장학습, 자유롭게 보내는 자유 시간이나 자유 놀이까지도……. 어떻게 이 모든 부분에서 새로운 참여 방법을 찾아낼까 싶기도 하다. 사실 창의력과 새로운 아이디어가 필요해서 혼자서는 당연히 할 수 없다. 대신에 내가 할 수 있는 것은 거름종이를 거쳐야 하는 일이 있다고 주변에

알리는 것이다. 날마다 선생님들에게 묻는다.

"선생님, 특수아동은 어떻게 할까요?"

"특수아동은 이렇게 참여하려고 해요. 어떻게 생각하세요?"

나의 질문에 머리를 맞대고 아이디어를 모아 주시는 선생님들이 계신다. 두세 사람이 모이면 없던 길도 생긴다.

글을 쓰는 이 순간에도 많은 생각들이 '이 글이 아이들의 마음이 될 수 있을까?' 하는 거름종이를 거쳐 지나가고 있다. 그 다음 내가 할 일은 질문을 던지는 일이다.

"이 아이들의 마음이 되어 주실 수 있으세요?"

해결보다 더 큰 해결사, 공감

특수교사에게 있어 부모 상담은 업무의 많은 비중을 차지한다. 특수아동은 학교에서의 일을 부모에게 전달하는 것에 상대적으로 더 많은 지원을 필요로 한다. 물론 아이들 중에는 자신의 감정을 구체적으로 말할 수 있는 아동도 있고, 경험한 일을 정확하게 전달할 수 있는 아동도 있다. 어떤 아동은 자신에게 인상적이었던 부분들을 오류 없이 완벽하게 전달하기도 한다. 반면, 있었던 일을 설명할 때 부분적으로만 전달하거나 질문의 방향에 따라 완전히 다른 답을 하는 아동도 있다.

교실에서는 날마다 정말 다양한 일이 일어난다. 특수아동이 친구와 다투는 일이 생기기도 하고 관계 안에서 오해를 받는 억울한 일이 발생하기도 한다. 비장애인이 공동체 안에서 살면서 겪을 수 있는 모든 일들이 동일하게 일어나는 것이다. 아이에게 속상함이 되는 일은 겪게 하고 싶지 않지만, 살아가는 것이 그런 것을 어찌하겠는가 싶기도 하다. 그럼에도 아이의 일이 고스란히 자신의 아픔과 상함이 되는 부모에게는 때로 엄청난 스트레스와 고통을 가지고 오는 것 같다. 아직 부모가 아닌 내가 이것을 묘사하거나 공감하는 것에는 한계가 있겠다. 하지만 해가 지날수록 나는 곧 상한 마음에 대한 공감이 때로 가장 영향력 있는 해결책이 되기도 한다는 것을 경험했다.

대학을 막 졸업한 교직 첫해의 내게 부모 상담이라는 업무는 엄청난 과제였다. 부모의 마음을 조금도 헤아릴 여유가 없었다. 문제가 발생하면 어떻게든 문제를 해결하는 것이 우선이라고 생각해 첫해의 내가 할 수 있는 모든 해결책을 끌어 모아 부모에게 제시했다. '이런 조치를 취했으니 괜찮을 것이다. 앞으로 이렇게 할 것이니 걱정하지 않으셔도 된다.' 정도의 대안을 전달하기에 바빴다. 그런 내게 돌아온 것은 선생님이 아이를 사랑하지 않는다는 비난이었다. 심할 때는 우리 아이 편이 아니라는 말에 붙어 있는 분노와 고함 등이 있었다. 지금 생각해 보면 내 안에 있었던 아이에 대한 진실한 마음과 분명한 사랑을 고스란히 전하지 못했던 것에 대한 아쉬움이 남는다.

해가 지날수록, 문제 앞에서 이미 상해 버린 부모의 마음이 조금이나마 회복되는 것을 느꼈던 순간은 근사한 해결책을 전할 때가 아니었다. 교사 역시 아이와 부모가 느끼는 속상함을 동일하게 느끼고 있다는 공감의 전달이 있을 때였다. 부모가 그렇듯 나도 속상하다고. 나는 아이들을 매일 만나고 있어서 더 화가 나고 더 실망이 크다고 용기를 내어 전했다. 전문가로서 전할 마음이 아니라고 생각해 감추고 싶었던 나의 속상함을 표현하는 것에는 용기가 필요했다. 그런데 이런 나의 속상함이 사랑과 공감의 전달이 되어 부모와 나의 마음에 위로가 되기도 한다는 것을 경험했다.

흔들림 없는 정책과 제도보다도 차가운 이 현실에서 혼자가 아니라는 메시지가 가장 필요할 수도 있었다. 홀로 이 문제를 마주하지 않아도 된다고 여기게 되는 연대감과 공감의 전달이 때로는 더 중요했다. 아이들이 살아갈 이 세상에서도 가장 우선적으로 제시되어야 하는 해결책이 바로 이것이라는 생각을 해 본다.

우리가 주고받은 사랑은 여전히 그 자리에

시간이 지날수록 첫해의 내 모습이 너무나 부끄럽게 여겨질 때가 있다. 서툴기만 했던 그 시간을 함께 보낸, 아이들을 포함한 다른 많은 이들에 대한 미안함이 여전히 마음 한구석을 차지하고 있다.

그중에서도 첫해, 둘째 해를 함께했던 성훈이에 대한 마음이 가장 무거웠다. 우리가 처음 만난 3월, 나와 성훈이는 엄청 부딪혔다. 성훈이의 마음을 나는 전혀 알 수 없었고, 성훈이는 관계도 형성되지 않은 내가 자꾸만 무엇을 가르치려 하니 화가 났던 것 같다. 나의 부족함을 가려 보려 아이를 계속 다그쳤고 혼도 정말 많이 냈다. 아이와의 반복된 씨름 앞에 눈물도 많이 흘렸고 깊은 좌절에서 헤어 나오지 못하는 순간들도 많았다.

다행히도 시간이 지날수록 성훈이와 나는 서로를 알아 갔고, 조금씩 서로에게 양보해 주는 영역이 생겼다. 그래야 서로가 화목할 수 있다는 것을 성훈이도 나도 알게 된 것은 아닐까 싶다. 그렇게 2년이라는 시간을 함께 보냈다. 초등 졸업 후 성훈이는 아버지 직장을 따라 수원에서 멀리 떨어진 지역으로 이사를 가게 되어 다른 학교에 진학했다.

해가 지나면서 나는 처음엔 마음을 전혀 열어 주지 않을 것 같았던 아이들과도 조금씩 관계를 세워 갈 수 있었다. 아이의 눈빛, 목소리, 표정 하나하나를 읽어 갈 때마다 나는 성훈이가 생각나곤 했다. 나의 무지함과 경험 부족으로 빙 돌아가느라 서로 너무 많은 시간과 에너지를 쏟았던 것이 미안함과 죄책감으로 남아 마음이 무거웠다.

시간이 흘러 첫해에 5학년에서 만났던 아이들이 중학교 3학년을 졸업하는 시기가 됐다. 아이들이 학교를 떠난다니 아쉬움이 컸다. 그래서였을까 1월 겨울 방학 중에 꿈에 성훈이가 나왔다. 성훈이가 다시 수원으로 이사를 와서 학교를 다니고 있는 꿈이었다. 첫해 아이들이 보고 싶어서 그런가 보다 하고 넘겼는데 다음날 꿈에도 성훈이가 나왔다. 이틀 연속 성훈이 꿈을 꾸고 나니 이상하다는 생각이 들었다. 성훈이 생각을 자주 하긴 했지만 꿈에 나온 적은 처음이었기 때문이었다. 성훈이 어머니에게 연락을 해 볼까 싶었지만 성훈이가 졸업한 지 시간이 꽤 많이 지나기도 해서 망설이다 겨울방학이 끝났다.

아이들의 중학교 졸업이 가까워 오던 어느 날 복도에서 성훈이와 같은 학년이었던 민서 어머니를 만나게 되었다. 오랜만에 만나 반갑게 인사를 나누는데 민서 어머니가 내게 물었다.

"선생님, 잠깐 이야기할 시간 있으세요?"

"네, 그럼요."

나는 어머니가 어떤 말을 할지 무척 궁금했다.

"선생님, 제가 가끔 성훈 어머니랑 연락을 하는데, 성훈이가 조성아 선생님을 보고 싶어 한대요."

민서 어머니의 이야기를 듣는데 순간 누가 내 심장을 퍽! 하고 치는 것 같았다. 나는 깜짝 놀라 말했다.

"네? 정말요? 성훈이가 저를요?"

"네, 학교 졸업하고 선생님이 만들어 주신 앨범을 그렇게 봤대요. 선생님 보고 싶다고 이야기를 한대요. 한번 연락해 보세요."

"세상에……."

그 자리에서 민서 어머니에게 성훈이 어머니 연락처를 받았다.

퇴근을 하자마자 나는 성훈이 어머니에게 연락을 했고 어머니와 전화 통화를 하게 됐다.

"어머니, 성훈이는 잘 지냈어요? 정말 소식이 궁금했어요."

"네, 선생님, 성훈이가 선생님 보고 싶어 해요."

"정말요?"

"졸업 때 선생님께서 만들어 주신 개인 앨범을 성훈이가 닳도록 봤어요. 사진 속에 나오는 선생님들, 친구들 이름을 얼마나 자주 말했는지 몰라요. 종종 학교에 가자고 하고, 조성아 선생님, 담임 선생님이 보고 싶다고 하더라고요."

어머니의 말을 들으며 나는 정말 깜짝 놀랐다. 성훈이가 이렇게 기억해 줄 것이라고는 생각하지 못했는데 깊은 위로가 찾아왔다. 그 위로에 힘을 얻어 오래도록 끌어안고 있었던 무거운 마음을 솔직하게 꺼냈다.

"어머니, 이야기해 주셔서 정말 감사해요. 첫해의 제가 너무 부족해서 성훈이에게 미안한 마음이 컸거든요. 어머니께서도 힘드셨죠."

"아니에요 선생님. 저도 몰랐는데, 성훈이는 좋은 것만 기억하는 것 같아요. 그때가 정말 좋았나 봐요."

성훈이는 좋은 것만 기억하는 것 같다는 말이 오래도록 맴돌았다.

그 뒤로 영상통화를 시도했는데 성훈이가 핸드폰 화면 앞에 있어 주지 않아서 보고 싶었던 얼굴은 보지를 못했다. 대신 성훈이 특유의 목소리를 들을 수 있었다. 우리가 주고받은 사랑이 성훈이의 마음에도 여전히 남아 있음이 핸드폰 너머로 전해져 내 마음을 위로했다.

우리가 고군분투했던 시간은 길고도 험했을지 몰라도
너에게 전해진 내 마음의 진실함은

너를 향한 내 마음의 어떠함은
이렇게 그 자리 그대로 남아 있다는 것이
네 마음에도, 나의 마음에도 여전하다는 것이
오늘 만나는 이 아이들에게도 그러할 것이라는 믿음이

오래도록 나를 살게 할 것 같다.

척

첫해에 내게 정말 많은 고민을 안겨 주었던 아이들의 행동 중에 한 가지는 공격행동이었다. 그저 공격성이라는 낱말 하나로 표현되는 이 행동 안에는 수많은 의사소통의 의미와 기능이 담겨 있다. 행동에 담긴 아이의 의도를 읽어 내고 사회적으로 수용 가능한 방식으로 표현할 수 있도록 지원해야 한다. 이를 위해서는 시간도, 주변 환경의 구조화도, 아이와 함께하는 주변 사람들의 에너지도 몇 배로 더 많이 요구되는 것이 사실이다. 여러 가지 상황이 동시 다발적으로 일어나는 교실 안에서 첫해의 내가 할 수 있는 것은 정말 제한적이었다. 시간이 지날수록 나의 부족함과 무력함에 답답함은 커져 갔고, 하나님 앞에서 이런 질문을 하게 되었다.

'하나님, 도대체 공격행동을 왜 해요? 꼭 이렇게 해야 할까요? 서로에게 상함이 남게 되는 걸요.'

솔직히 말하면 고달픔과 답답함에 하나님은 어떻게 보시는지 따지고 싶었다. 그런데 사실 이 질문의 깊은 밑바닥에는 이런 마음도 있었다.

'적어도 저는 이렇게 하지는 않는걸요. 할퀴거나 때리는 행동은 하지 않아요.'

무거운 마음을 들고 잠잠히 그분 앞에 서니, 또다시 내가 보였다. 사람들과 주고받는 눈빛, 표정을 봤다. 상대에겐 감춰둔 뿌리 깊은 편견, 정죄함으로 바라봤던 시선, 나와 맞지 않는 사람이라며 어떤 이와 철저히 분리되고 싶어 하며 했던 행동들, 내가 너무나 쉽게 행하고 있는 사소한 행동들이 상대의 마음에 미치는 상함을 생각하게 했다. 내 마음에도 누군가의 말투와 눈빛으로 여전히 남아 있는 상처들이 떠올랐다.

사람들이 서로의 내면에 던지고 있는 차갑고 날카로운 무기는 아이들이 손에 남겨 놓은 할퀸 자국, 멍든 자리보다 더 자주, 깊은 흉터를 남겨 놓았다. 그저 내가 아이들과 다르게 할 수 있었던 것은 그렇지 않은 척이었다. 사랑하는 척, 경건한 척, 겸손한 척, 미워하지 않는 척, 용서한 척. 척이라는 한 글자로 가려 놓은 모든 공격성 앞에서 더 이상 아이들의 행동을 따지거나 비난할 수 없었다.

겉으로 드러나는 공격행동뿐만이 아니라

서로의 내면을 향해 던져지는 수많은 무기들 앞에서
그로 인해 상하고 찢겨진 한 영혼의 마음 앞에서
여전히 남아 있는 나의 공격성 앞에서

예수님은 얼마나 오래도록 고민하시고 아파하셨을지.
다를 것 전혀 없는 나를 여전히 안아 주시고 기다리시는
그분의 사랑을 나는 얼마나 닮아 갈 수 있을지.

아이들 앞에서 그 사랑을 더 배워 간다.

최전방

사람들을 만나 대화하며 시간을 보내다가 문득 이들에게 장애인은 어떤 존재일까, 장애인은 어느 영역에 존재할까 하는 궁금증이 찾아올 때가 있다. 특수교사로 근무하고 있는 친구들과의 교제가 아닌 이상, 많은 이들의 삶에서 장애인은 존재하지 않을 때가 대부분이었다. 나에게 아이들은 비장애인보다 더 자주 대화를 나누는 사람, 때로 더 많은 가치와 생각을 심어 주는 존재가 되었다. 그런 우리 아이들이 사실 세상에서는 소외와 외면을 겪는 존재이기도 하다는 것이 내 가슴을 먹먹하게 만든다.

학기 중에 아이들은 하루에 교사와 가장 많은 시간을 보내게 된다. 특수교사 역시 장애 아동에게 있어 부모 다음으로 하루 중 가장 많은 시간을 함께 보내는 사람이 된다. 특히 특수학교라면 더욱 그러하고, 중앙에서는 통합 환경이기 때문에 아동 입장에서는 담임 선생님,

또래 친구들과 보내는 시간이 더 많을 수 있겠다. 상황이 어떠하든 특수교사에게 있어 개인의 정체성과 존재의 이유는 곧 아이들이다. 특수교사들은 아이들이 표현하는 자신의 이야기에 귀를 기울인다. 아이의 눈빛, 표정, 사소한 행동 등에 담긴 아이의 표현을 읽어 주려 애쓰고, 반응하며 아이와 소통해 간다.

특별히 아이들은 정말 다양한 방식으로 자신을 표현한다. 그 방식은 아주 작은 표정의 변화, 눈동자의 움직임, 매우 낮은 빈도로 가끔 표현하는 낱말이나 소리가 되기도 한다. 끊임없이 반복되는 말과 행동, 온 교실과 복도에 울려 퍼지는 큰 소리, 울음, 자기 자신을 해하는 행동 또는 타인을 공격하는 행동도 포함된다. 장애인과 어느 정도의 시간을 함께하지 않은 이상, 이 반응들의 유형이나 방식을 예상하거나 상상하기는 어쩌면 쉽지 않을 것이다. 특수교사의 삶에서는 일상이 되어 당연하고도 익숙한 반응들이지만 하나씩 뜯어보면 매우 다양하고 독특한 방식의 행동과 표현들을 매일 만나고 있다. 그 안에서 도저히 이해할 수도, 쉽게 변화되지도 않는 위험한 행동들이 반복될 때에는 하루에도 몇 번씩 고민하며 마음 아파할 때도 참 많다. 막연히 속상하다, 막막하다 수준의 고민이 아니다. 이 아이가 무엇을 말하고 싶을까, 어떻게 이 행동을 지도할 것인가, 어디서부터 어디까지 도울 수 있을까, 이 가정이 겪는 어려움은 어디까지인가, 아이로 인해 힘들어하는 친구들, 실무사, 바우처는 어떻게 도울 것인가. 모두 정할 수도 정리할 수도 없는 고민들이 끝없이 이어진다.

그 고민들의 끝자락에서는 교사로서의 무력함, 장애에 대한 본질적인 고민 등이 개인의 내면을 괴롭힌다. 괴로움 속에서도 이 아이들의 존재적 가치와, 함께 살아감을 외치고자 하는 이 삶의 방향성 앞에 수없이 마음이 무너지기도 한다.

이 무거운 마음들을 지고 아이들 앞에 설 때면 나는 전쟁터의 최전방에 홀로 서 있다는 생각이 들곤 했다. 특별히 통합교육의 현장에서 특수교사가 짊어져야 하는 짐은 한없이 크고 무거웠다. 아이의 문제 행동에 대해 마법을 부리듯 해결사가 되어야 한다는 전문성에 대한 부담감이 무거운 짐 중 하나였다. 여기에, 아이와 긴 시간을 함께해 보지 못한 많은 사람들에게 문제 행동 자체로 낙인이 찍혀 버린, 아이에 대한 미안함은 나를 더 짓눌렀다. 결국 최전방에서 무기도 없이 눈물만 흘리고 있는 나를 보게 했다. 모든 것을 내려놓고 최전방은 물론이고 이 처절한 전쟁터에서 발을 빼고 싶다고 생각하게 되는 순간들이다. 그럼에도 여전히 내가 붙들고 있는 것이 있었다. 그것은 바로 지금까지 나에게 자신을 있는 그대로 보여 주고 웃어주었던 아이들의 모습이었다. 무기도 없이 무력하게 서 있는 내 옆에 함께 손잡고 서 있는 이들이 있기에 이 최전방은 여전히 존재하고 있다.

그래서, 이 자리에

아이의 해결되지 않는 공격 행동, 아이의 사회적 위치, 아이의 부모와 가정의 어려움 속에 더 가까워질수록 특수교사의 고민과 답답함도 한없이 커진다. 답이 나오지 않는 고민들 앞에서 나는 왜 이 자리에서 이런 고민을 하고 있는 것일까 하는 생각이 들 때가 있다. 어느새 최전방까지 오게 된 이 전쟁터에서 발을 빼고 싶어지는 것이다. 그만큼 길고도 긴 괴로움과 외로움이 나를 괴롭히는 순간들 속에서 '항복!'을 외치고 도망가고 싶어지는 순간이다. 하루는 답답함과 속상함에 도저히 견딜 수 없어 친한 언니에게 연락을 했다. 언니는 공립 특수학교에서 근무하고 있는 특수교사이다. 무거운 이 짐을 조금이라도 덜어 내 보고 싶어 답답한 마음을 힘껏 토로했다. 두서없이 펼쳐지는 나의 한탄을 들은 언니는 말했다.

"우선 성아야. 음. 내 생각엔 중요한 건 부르심인 것 같아. 난 그래도 그 아이를 모두 포기해서는 안 된다에 한 표."

'부르심'이라는 낱말이 나를 두드렸다. 무거운 짐에 짓눌려 잊고 있었던 무언가가 갑자기 생각나 내가 말을 이었다.

"그래 맞아. 결국엔 그럼에도 불구하고 그 아이랑 살아 낼 누군가, 그 아이를 존귀하다 말해 줄 누군가. 그 한 사람이……. 그래 맞아."

"그래, 그걸 우리가 해야겠지."

언니가 대답했다.

가슴이 미어지면서도 다시 일어날 힘이 생겼다.

스스로를 다독이며 깊이 새겨 넣었다.

바로 이런 아픔 때문에, 모두가 외면하고 싶은 이 현실 때문에,

내가 여기 이 자리에 서 있었고, 서 있어야 한다는 것을.

죽음으로도 배우지 못한 사랑

아이들을 가르치다 보면 깊은 좌절이 찾아올 때가 있다. 세상의 기준으로 보기에는 누구보다도 더딘 속도로 걷고 있는 아이들 앞에서 내가 기대하는 속도는 한없이 빠르고 급하다. 손톱이 자라듯 자라고 있다고 표현할 만큼 아이들의 성장은 보이지 않는 것 같다. 배움이 일어나고 있는 것인지, 목표로 생각하는 이 행동은 언제쯤 성취하게 될 것인지 교사뿐만이 아니라 함께하는 많은 이들에게도 인내와 기다림의 시간들이 지속된다.

한 학기가 지나가도록 아이에게서 목표로 했던 행동에 큰 변화가 없는 것이 느껴지자 나는 낙심했다. 근심에 잠겨 아이를 바라보며 생각했다.

'아니, 도대체 왜 이 행동은 이렇게 배우기가 어려울까?'

그런데 순간 그런 내 마음을 누군가 툭툭 치듯 새로운 생각이 치고

들어왔다.

'너는? 사랑은 여전히 배우는 중이고?'

모든 생각이 멈췄다.

'아. 내가 아직도 사랑을 배우지 못했지. 여전히 누군가를 용서하지 못하고, 누군가를 사랑하지 못하고 있었지.'

예수님께서 십자가에서 사랑을 보여 주셨는데도. 죽음으로 사랑을 가르쳐 주셨음에도. 나는 여전히 사랑을 모르는 사람처럼, 사랑을 배우지 못하는 사람처럼 살아가고 있었다.

죽음으로도 배우지 못한 사랑 앞에
나는 더 이상 배움의 속도를 논할 수 없었다.

목소리

아이들이 살아갈 세상은 교실이 아니라 사회인데, 언제쯤 우리 아이들이 살아갈 수 있는 세상이 올 수 있을까 하고 고민할 때가 있다. 특수교사의 자리에 있는 친구들, 선생님들과 이야기를 나눌 때면 막막한 현실에 한숨만 나오기도 한다. 이 자리에서 전하는 목소리가 언제쯤 더 이상 전하지 않아도 되는 목소리가 될까 하는 기다림이 우리 안에 있다. 이 마음이 아이들에게도 비춰졌을까. 소망이 없는 것 같은 그 기다림에 아이들이 근사한 희망을 불어넣어 주기도 했다.

6학년을 마치고 졸업을 하면서 내게 편지를 써 준 아이들이 있었다. 생각도 못했는데 편지 안에는 숨겨진 보화를 발견한 아이들의 고백이 담겨 있었다. 많은 아이들이 그 보물을 누리고 있었는데 그 중에서도 민아와 시원이의 편지가 가장 기억에 남는다.

'선생님, 저는 공립 초등학교에서 경험하지 못했던 것을 중앙기독초등학교에 다니면서 경험할 수 있었다는 생각이 들었어요. 공립 초등학교에서는 장애가 있는 친구들을 어떻게 대해야 할지 또는 장애를 가진 친구들은 어떤 생각을 가지고 있을지에 관한 생각을 가지지 않고 지내는 친구들이 많았었는데요, 선생님을 통해서 장애를 가진 친구들의 생각과 어떻게 대해야 하는지 등에 대해 알아 갈 수 있었어요. 장애를 가진 친구들에 대해서 알아가니 한층 더 성숙하게 행동할 수 있었던 것 같아요. 사람들이 깊이 있게 생각하지 않는 분야를 깊이 있게 생각하시며 돕는 모습을 보면서 나도 이럴 땐 이렇게 행동해야겠다, 저럴 땐 저렇게 행동해야겠다고 깨달아 갈 수 있었어요. 선생님! 저에게 올바른 생각들을 심어 주신 것처럼 많은 학생들에게 올바른 생각을 심어 주셨으면 좋겠어요.'

내가 아이들의 마음을 읽고 있다고 생각했는데, 도리어 민아가 내 마음을 읽어 내고 있었다. 민아의 편지는 이 자리에 서 있는 내 마음을 훤히 들여다보는 것 같았다. 시원이의 편지도 마찬가지였다.

'선생님, 사실 전 6학년에 오기 전까지 지원실 아이들을 도와주기는커녕 사랑이 할 때만 잠깐 놀아 준 뭐 그런 정도였어요. 그런데 6학년 때 선생님 수업을 듣고 다시 한번 그 친구들을 보게 되었어요. 그리고 저는 그 친구들의 마음을 읽으려고 노력하고 또 곁에 있어 주려고 노력했어요. 그 결과 그 친구들의 순수함과 따뜻함을 알게 되었어요. 선생님 이제 저는 중앙 공동체, 그리고 지원실 아이들이 있는 곳에 가지 않지만 선생님의 가르침을 붙들고 장애인들을 나서서 도와주겠습니다.'

머리가 아니라 마음에 도달했으면 하고 바랐던 나의 진심이 아이들 마음에 전해졌다는 감격이 오래도록 내게 머물렀다. 오늘도 전할 이 목소리가 결코 땅에 떨어지지 않을 것임을 아이들이 내게 가르쳐 주었다. 아이들과 나눈 이 모든 것이 내 안에 여전히 살아 있는 것처럼. 아이들이 누린 이 마음이야말로 장애라는 이름이 우리에게 준 도움이자 선물이라는 것을 아이들도 오래도록 기억했으면 좋겠다.

이상, 실재가 걸어가는 그 길

통합교육을 이야기할 때면 그것은 이상에 불과하다고 문제를 던지는 사람들이 있다. 현실을 너무 모르고 하는 소리라며 비장애인에게 유익이 있겠냐고 비판한다. 단 한 번도 통합의 장면을 목격해 보지 못한 이들에게 중앙의 이야기를 전하면 중앙이 특별하기 때문에 그곳에서만 가능하다고 말하는 사람들도 많다. 왜 우리가 함께 살아가는 것이 어디에서도 일어날 수 없는 장면이 되었을까. 정말로 그럴까.

나는 이렇게 답하고 싶다. 이상이 없기에 실재가 없는 것이라고. 현재의 모든 순간은 목적지를 향한 방향성을 띠고 있다. 소망을 향한 순간순간의 움직임은 곧 우리를 목적지에 도달하게 한다. 학교에, 교실에 모인 이들이 함께 꾸는 꿈이라면 절대로 불가능한 장면은 아니라는 것이다. 그 과정에 넘어짐과 고군분투가 있을지라도 어디로 가야 하는지를 정확히 알고 있는 것이 중요하다. 중앙에서도 통합교육은 여전히 나아가야 할 길이기도 하다. 매순간 현재를 그 길에 비춰 보고 색깔과 모양을 다듬는다. 그러다 보면 꿈꾸는 모습에 한 발 더 가까워진 교실을 만나게 된다. 아이들의 물렁물렁한 마음은 어른들이 해내는 것보다 훨씬 더 쉽고 빠르게 희망을 만들어 간다.

이상은 효율성을 따지는 것이 아니다. 이 땅의 모든 아이들에게 가장 좋은 것을 전해 주고자 하는 그 마음에서 시작된다. 그 소망이 교실을 넘어 이 사회의 방향성이 되어 줄 것이다. 그 방향성이 우리의 실재를 변화시키는 것을 모두가 맛보게 되기를 간절히 바란다.

• • •

이야기를 닫으며

• • •

"천국은 마치 밭에 감추인 보화와 같으니……"(마태복음 13:44)

내게 중앙에서 보낸 6년의 시간은 밭에 감춰진 보화를 발견하게 했다. 어디서도 볼 수 없었던 통합교육의 장면들은 내게 매일 말을 걸어왔다. 사랑은 무엇인지, 함께 살아가는 것이 얼마나 중요한 가치를 지니고 있는지 이야기를 건넸다. 다른 사람을 사랑할 힘도 사랑할 수 있는 마음도 없었던 내가 특수교사의 자리에 선다는 것은 은혜가 아니면 불가능했다. 은혜는 내게 자리를 지키게 했고, 그 자리에서 만났던 아이들, 선생님들과의 순간들은 사랑과는 거리가 멀었던 나를 조금 더 사랑에 가까운 지점으로 끌어당겼다.

아이들 앞에 서면 내가 입은 세상의 어떤 옷도 중요하지 않았다. 오로지 마음과 마음이 만나는 우리의 시간은 천국의 삶을 경험하게 했다. 무엇을 얼마나 가졌는지가 중요한 것이 아니라, 서로의 내면을 얼마나 투명하게 바라보고 있는가가 중요했다. 보이는 그대로 용납할 수 있는지, 보이지 않는 것을 볼 수 있는지가 훨씬 더 중요했다. 아이들은 한 번도 내게 무엇을 더 들고 오라고 하지 않았다. 그저 우리가 주고받는 사랑으로 서로에게 존재할 이유가 되었고, 그것으로 충분했다.

나는 이제 잠시 특수교사의 자리에서 일어났지만 아이들이 내게 보여 준 사랑과 내가 아이들과 나눈 사랑은 여전히 내 안에 뜨겁게 존재한다. 자리로 인함이 아니라 남겨진 사랑이 나의 정체성이 되었다. 다 담을 수 없었지만 꺼내 놓은 이 이야기는 아이들에게 전하는 선물이 되었으면 한다. 아이들이 내게 전해 준 그 놀라운 선물에는 비할 수 없겠지만 앞으로도 나는 이들이 내게 건네준 보물을 계속 전하는 삶을 살아 내고 싶다. 끝으로, 나는 알 수도 볼 수도 없었던 것들을 누리게 하시고 발견하게 하시는 그분의 은혜만이 드러나기를 간절히 바라며 이야기를 닫는다.

통합교육 그 안에 숨겨진 보물찾기

초판 1쇄 발행 2019년 5월 14일
3쇄 발행 2022년 2월 20일

지은이 조성아
펴낸이 이기봉
편집 좋은땅 편집팀
펴낸곳 도서출판 좋은땅
주소 서울특별시 마포구 양화로12길 26 지월드빌딩 (서교동 395-7)
전화 02)374-8616~7
팩스 02)374-8614
이메일 gworldbook@naver.com
홈페이지 www.g-world.co.kr

ISBN 979-11-6435-307-1 (03810)

• 가격은 뒤표지에 있습니다.

• 파본은 구입하신 서점에서 교환해 드립니다.